„Bücher sind wie Fallschirme. Sie nützen uns nichts, wenn wir sie nicht öffnen.“

Gröls Verlag

Redaktionelle Hinweise und Impressum

Das vorliegende Werk wurde zugunsten der Authentizität sehr zurückhaltend bearbeitet. So wurden etwa ursprüngliche Rechtschreibfehler *nicht* systematisch behoben, denn kleine Unvollkommenheiten machen das Buch – wie im Übrigen den Menschen – erst authentisch. Mitunter wurden jedoch zum Beispiel Absätze behutsam neu getrennt, um den Lesefluss zu erleichtern.

Um die Texte zu rekonstruieren, werden antiquarische Bücher von Lesegeräten gescannt und dann durch eine Software lesbar gemacht. Der so entstandene Text wird von Menschen gegengelesen und korrigiert – hierbei treten auch Fehler auf. Wenn Sie ebenfalls antiquarische Texte einreichen möchten, finden Sie weitere Informationen auf www.groels.de

Viel Freude bei der Lektüre wünscht Ihnen das Team des Gröls-Verlags.

Adressen

Verleger: Sophia Gröls, Im Borngrund 26, 61440 Oberursel

Externer Dienstleister für Distribution & Herstellung: BoD, In de Tarpen 42, 22848 Norderstedt

Unsere „Edition | Werke der Weltliteratur" hat den Anspruch, eine der größten und vollständigsten Sammlungen klassischer Literatur in deutscher Sprache zu sein. Nach und nach versammeln wir hier nicht nur die „üblichen Verdächtigen" von Goethe bis Schiller, sondern auch Kleinode der vergangenen Jahrhunderte, die – zu Unrecht – drohen, in Vergessenheit zu geraten. Wir kultivieren und kuratieren damit einen der wertvollsten Bereiche der abendländischen Kultur. Kleine Auswahl:

Francis Bacon • Neues Organon • **Balzac** • Glanz und Elend der Kurtisanen • **Joachim H. Campe** • Robinson der Jüngere • **Dante Alighieri** • Die Göttliche Komödie • **Daniel Defoe** • Robinson Crusoe • **Charles Dickens** • Oliver Twist • **Denis Diderot** • Jacques der Fatalist • **Fjodor Dostojewski** • Schuld und Sühne • **Arthur Conan Doyle** • Der Hund von Baskerville • **Marie von Ebner-Eschenbach** • Das Gemeindekind • **Elisabeth von Österreich** • Das Poetische Tagebuch • **Friedrich Engels** • Die Lage der arbeitenden Klasse • **Ludwig Feuerbach** • Das Wesen des Christentums • **Johann G. Fichte** • Reden an die deutsche Nation • **Fitzgerald** • Zärtlich ist die Nacht • **Flaubert** • Madame Bovary • **Gorch Fock** • Seefahrt ist not! • **Theodor Fontane** • Effi Briest • **Robert Musil** • Über die Dummheit • **Edgar Wallace** • Der Frosch mit der Maske • **Jakob Wassermann** • Der Fall Maurizius • **Oscar Wilde** • Das Bildnis des Dorian Grey • **Émile Zola** • Germinal • **Stefan Zweig** • Schachnovelle • **Hugo von Hofmannsthal** • Der Tor und der Tod • **Anton Tschechow** • Ein Heiratsantrag • **Arthur Schnitzler** • Reigen • **Friedrich Schiller** • Kabale und Liebe • **Nicolo Machiavelli** • Der Fürst • **Gotthold E. Lessing** • Nathan der Weise • **Augustinus** • Die Bekenntnisse des heiligen Augustinus • **Marcus Aurelius** • Selbstbetrachtungen • **Charles Baudelaire** • Die Blumen des Bösen • **Harriett Stowe** • Onkel Toms Hütte • **Walter Benjamin** • Deutsche Menschen • **Hugo Bettauer** • Die Stadt ohne Juden • **Lewis Caroll** • *und viele mehr….*

Edgar Wallace

Der leuchtende Schlüssel

Übersetzung

von

Ravi Ravendro

Inhalt

1

Mr. Washington Wirth wählte zu seinen exklusiven Gesellschaften die Gäste sorgfältig aus. Trotzdem hatte Mary Lane die Einladung nur angenommen, weil Mike Hennessey sie darum gebeten hatte. Sie mochte diesen etwas untersetzten, melancholischen Mann gern. Die Leute nannten ihn immer nur den „armen, alten Mike“, weil er schon öfter Bankrott gemacht hatte. Im Augenblick brauchte man jedoch kein Mitleid mit ihm zu haben, denn er war mit Mr. Washington Wirth befreundet, der sich allen Theaterleuten gegenüber sehr freigebig und hilfsbereit zeigte. Mr. Washington Wirth war ein reicher, etwas geheimnisvoller Mann. Man nahm an, daß er in Mittelengland wohnte und aus der Industrie stammte. Seine Londoner Gesellschaften gab er im Kellner-Hotel, wo alle Leute den etwas korpulenten Herrn mit den hellblonden Haaren und der Hornbrille gut kannten.

Er trug stets tadellose, elegante Anzüge und weiße Wildlederhandschuhe. Seine Stimme war merkwürdig hoch; er sprach im Falsett. Außerdem hatte er die Angewohnheit, die Hacken zusammenzuschlagen und den Damen, die er einlud, die Hand zu küssen, wie es auf dem Festland Sitte ist.

Er oder vielmehr Mike luden öfters weniger bekannte Schauspieler und Schauspielerinnen, hübsche Statistinnen und Sängerinnen, die am Anfang ihrer Laufbahn standen, zu kleinen Festen ein. Mike hatte früher einmal vorgeschlagen, bekanntere Schauspieler einzuladen, aber Mr. Wirth war ganz empört darüber gewesen.

„Solche Leute kann ich nicht brauchen“, hatte er geantwortet. Denn er liebte es, wenn die Menschen ihm Angenehmes sagten und ihm schmeichelten. Dafür zeigte er sich erkenntlich und machte großzügige und freigebige Geschenke.

Es war unmöglich, sich ungebeten zu einem solchen Essen einzuschleichen. Den Einladungen waren nämlich Erkennungszeichen beigefügt, die die Gäste am Abend tragen mußten, wenn sie das Hotel betraten.

„Ich nehme an, daß mich unser Mäzen nicht eingeladen hätte, wenn ich wirklich eine bedeutende Rolle spielte“, sagte Mary Lane zu Mike.

Er lächelte gutmütig. „Ärgern Sie sich nicht darüber. Sie sind eine gute Schauspielerin und heute abend die wichtigste Persönlichkeit in diesem Kreis. Der alte Knabe wollte Sie unter allen Umständen kennenlernen.“

„Wer ist denn eigentlich dieser Mr. Wirth?“

Mike schüttelte den Kopf.

„Er hat so viel Geld, wie er braucht“, erwiderte er diplomatisch.

Lachend schaute sie ihn an, und Mary Lane sah sehr gut aus, wenn sie lachte. Sie wußte, daß Washington Wirth sie von der Seite beobachtete, obwohl er im Augenblick von zwei hübschen Blondinen festgehalten wurde, die ihm eine Menge Schmeicheleien sagten.

„Er gibt sehr viele Gesellschaften“, meinte sie. „Mr. Allenby sagte mir, daß er monatlich mindestens zweimal Gäste empfängt. Wirth muß wirklich sehr reich sein, sonst könnte er nicht unser Theater unterstützen, so daß wir das gegenwärtige Stück weiterspielen können. Unter uns, Mike, wir müssen ein ganzes Vermögen bei dieser Aufführung zusetzen.“

Er nahm die Zigarre aus dem Mund und betrachtete nachdenklich die Asche.

„Ich verliere jedenfalls mein Geld nicht.“ Plötzlich wandte er sich mit einer unerwarteten Frage an sie. „Ist der alte Hervey Lyne nicht ein Freund von Ihnen?“

„Nein“, entgegnete sie heftig. „Er ist mein Vormund. Warum fragen Sie danach?“

Mike rauchte ruhig weiter.

„Ich dachte nur, Sie würden ihn vielleicht genauer kennen. War er nicht früher Bankier oder Geldverleiher? Auf die Art hat er doch sein großes Vermögen zusammengekratzt. Ist Mr. Allenby mit ihm verwandt?“

Mary errötete leicht.

„Er ist sein Neffe, aber warum wollen Sie das alles wissen?“

Mike sah auf die tanzenden Paare.

„Die Leute scheinen sich alle gut zu amüsieren, oder sie tun wenigstens so. Die Damen bekommen heute abend wunderbare Ledertaschen mit echt goldenen Bügeln. Sie kriegen auch eine.“

„Und warum haben Sie sich nach Mr. Lyne erkundigt?“ fragte sie hartnäckig.

„Ich wollte nur wissen, ob Sie den Alten etwas besser kennen. Mir hat er niemals Geld geliehen, darüber können Sie beruhigt sein. Er will immer solche Sicherheiten haben, die ich ihm nicht geben kann. Moran ist sein Bankier.“

Wenn Mike von sich aus nichts sagen wollte, blieb jeder Versuch, ihn zum Reden zu bringen, vergeblich. Mary sah auf ihre kleine Armbanduhr.

„Wird Mr. Wirth sehr ärgerlich sein, wenn ich etwas früher gehe? Ich habe nämlich versprochen, noch in den Gesandtschafts-Klub zu kommen.“

Er schüttelte den Kopf, nahm sie freundlich am Arm und führte sie zu dem Gastgeber.

„Meine kleine Freundin muß sich leider verabschieden, Mr. Wirth. Sie hat morgen eine wichtige Probe und möchte sich noch darauf vorbereiten.“

„Ich verstehe vollkommen“, erwiderte Mr. Wirth mit ausgesuchter Höflichkeit. „Ich hoffe auch bei meiner nächsten Einladung das Vergnügen zu haben, Sie bei mir zu sehen, Miss Lane. In drei Wochen bin ich aus dem Ausland zurück.“

Mike begleitete sie zum Ausgang und half ihr in den Mantel.

„Ich bleibe noch eine Stunde hier, dann drücke ich mich auch. Um ein Uhr ist gewöhnlich Schluß, länger bleibt Mr. Wirth auch nicht. Die Handtasche mit dem Goldbügel bringe ich Ihnen ins Theater mit.“

Mary hatte Mike gern – alle Leute hatten Mike gern. Fast alle Schauspieler und Schauspielerinnen in London waren bereit, um halbe Gage für ihn zu spielen. Wenn er in einer Geldklemme oder nahezu ruiniert war, konnte er virtuos mit schmerzlichem Blick zum Himmel schauen und bittere Tränen über seine Wangen rinnen lassen. Und er war immer ruiniert, wenn hartherzige Gläubiger ihn mahnten, seine Schulden zu bezahlen. Ein angenehmer, liebenswürdiger Mensch, aber wenig zuverlässig, Niemand wußte, was er mit all dem Geld machte, das andere Leute ihm auf Nimmerwiedersehen liehen.

„Ich weiß nicht, was mit unserem letzten Stück los ist", meinte er, als er mit Mary den Gang entlangging. „Vielleicht ist es der Titel „Klippen des Schicksals". Darunter kann sich doch kein Mensch etwas vorstellen. Ich habe das Stück vierzigmal über mich ergehen lassen und weiß immer noch nicht recht, was der Autor eigentlich damit sagen will."

Sie sah ihn verblüfft an. „Aber Sie haben es doch ausgesucht!"

Er schüttelte den Kopf.

„Nein, das hat er getan." Er zeigte mit der Hand zurück auf den Gastgeber. „Er hat mir sogar gesagt, er fühle sich in seinem Gewissen beruhigt, wenn er das Stück lese. Auf mich macht es nicht den geringsten Eindruck."

Er wartete vor dem Hoteleingang, bis Mary mit einem Taxi abgefahren war. Als er sie das erste Mal zum Abendessen ausführte, gab er ihr ein paar gute Ratschläge, wie eine hübsche Schauspielerin Karriere machen könne. Sie hatte ihm darauf sehr vernünftig und taktvoll geantwortet, so daß er sich nicht verletzt fühlen konnte. Seitdem hatte er sie wirklich gern, während seine zahlreichen Liebesabenteuer ihn wenig berührten.

Langsam ging er in den Festsaal zurück, wo Mr. Wirth gerade die Geschenke für die Damen verteilte.

Er war in ungewöhnlich heiterer Stimmung. Im allgemeinen trank er nur wenig, aber an diesem Abend hatte er versprochen, eine ganze Flasche Sekt auszutrinken, wenn jemand sein Alter raten würde. Zufällig hatte eine der Damen die Zahl zweiunddreißig genannt und damit die Wette gewonnen.

„Großer Gott!“ sagte Mike, als er die Geschichte hörte.

Sobald es ihm möglich war, nahm er Mr. Wirth beiseite.

„Es ist wohl Zeit, daß wir Schluß machen“, meinte er.

Mr. Wirth lächelte nicht gerade sehr intelligent, und seine etwas sonderbare Erwiderung verriet, daß er dem Wein reichlich zugesprochen hatte.

„Mein lieber – lieber Junge! Ich stehe immer noch ganz fest auf den Beinen – um mich brauchen Sie keine Angst zu haben – ich komme noch sehr gut in meine Wohnung.“

Das war ja ein ganz neuer Mr. Wirth! Mike runzelte die Stirn, denn er fürchtete, diesen unschätzbaren Protektor zu verlieren. Es war, als ob der Besitzer einer verborgenen Goldmine plötzlich eine Fahne hißte, um die Lage der Mine öffentlich bekanntzumachen.

„Sie müssen etwas Kaltes trinken, Mr. Wirth, das die Hitze niederschlägt. Warten Sie einen Augenblick, ich werde etwas bringen.“

Mike eilte hinaus, traf den Oberkellner und kam gleich darauf mit einer kleinen blauen Flasche zurück. Er schüttete eine Anzahl weißer Körner in ein Weinglas und goß Wasser hinzu, dann reichte er den schäumenden Trank dem Gastgeber.

„Nehmen Sie das.“

Mr. Wirth gehorchte und trank zwei kleine Schlucke. Zwischendurch atmete er schwer.

Die letzten Gäste waren gegangen.

„Nun, wie fühlen Sie sich?“ fragte Mike ängstlich.

„Vollkommen in Ordnung“, erklärte Mr. Wirth.

Er schien plötzlich wieder nüchtern geworden zu sein. Auf jeden Fall ließ sich Mike täuschen. Er brachte seinen Freund nicht zum Auto, weil er das sonst auch nicht tat. Mr. Wirth schlug den Kragen seines schweren Mantels hoch und setzte den Zylinder nach vorn, als er zur Garage des Hotels ging und den Wagen vorfahren ließ. Er stieg gerade ein, als ein Mann an ihn herantrat.

„Kann ich Sie einen Augenblick sprechen?“ fragte der Fremde.

Mr. Wirth sah ihn mit verglastem Blick an, kletterte dann auf den Führersitz und ließ den Wagen anspringen.

„Kann ich Sie einen Augenblick –“

Im nächsten Moment schoß das Auto vorwärts, und der Mann, der einen Fuß auf das Trittbrett gesetzt hatte, wurde zu Boden geschleudert. Rasch erhob er sich wieder und lief zur Belustigung des Garagenpersonals hinter Wirth her. Gleich darauf wurden Wagen und Mann von der Dunkelheit verschluckt.

2

Mr. Tickler, so hieß der Verfolger, konnte dem Auto nur bis zur Oxford Street auf der Spur bleiben. Niedergeschlagen wanderte er auf den Regent's Park zu und bog dann zum Naylors Crescent ein. In dieser Seitenstraße war es sehr still; die kleinen hübschen Häuser lagen alle in tiefer Nachtruhe.

Mr. Tickler blieb vor Nr. 17 stehen und sah zu den Fenstern hinauf. Die weißen Jalousien waren heruntergelassen, und das Haus sah vollkommen tot aus. Dann musterte er die grüne Haustür, die er so gut kannte, die drei ausgetretenen Stufen, die hinaufführten, das kleine eiserne Geländer und die Stahlschienen, die in die Stufen eingelassen waren, damit man einen Rollstuhl leicht hinunterbefördern konnte.

In diesem Haus herrschte Reichtum. Ein begüterter Mann wohnte hier, der dem Grab sehr nahe war. Ein Gefühl der Bitterkeit stieg in Mr. Tickler auf. Er dachte an die harte Behandlung im Gefängnis von Pentonville. Es ging zu ungerecht im Leben zu.

Der alte Lyne schlief im ersten Stock, sein Bett stand zwischen beiden Fenstern. Das kleine niedrige Fenster gehörte zu seinem Arbeitszimmer, in dem er tagsüber saß.

Dort befand sich auch ein Safe, aber es lagen nur alte Papiere darin. Der alte Lyne war schlau und hatte niemals Geld im Hause, wie er ständig betonte. Ein oder zwei Einbrecher, die ihm nicht geglaubt hatten, mußten ohne Beute wieder abziehen.

Und dieser alte Geizhals schlief nun in einem luxuriösen Zimmer unter Daunendecken, und hier draußen stand Horace Tom Tickler mit ein paar Silbermünzen in der Tasche.

Aber vielleicht war der Alte überhaupt nicht zu Hause. Es gehörte zu seinen Tricks, sich anderswo aufzuhalten, wenn man ihn in seiner Wohnung vermutete.

Tickler wanderte eine Stunde in der kleinen Sackgasse auf und ab, dachte über zahlreiche Pläne nach, von denen sich die meisten nicht ausführen ließen, und schlich sich dann nach den breiten Straßen zurück, wo die vielen Cafés mit den hell erleuchteten Fenstern lagen. Schließlich ging er durch eine enge Gasse, um schneller zum Portland Place zu kommen, und dabei hatte er unerwartetes Glück.

Ein Polizist, der durch Baynes Mews ging, hörte einen Mann singen, und wenn er sich nicht sehr täuschte, war der Mann betrunken. Die Stimme kam aus einer der vielen kleinen Wohnungen über den Garagen, die zu beiden Seiten der Nebenstraße lagen.

An dem Gesang war nichts Besonderes, und der Polizist wäre auch weitergegangen, wenn er nicht eine Gestalt auf den Stufen zur Haustür hätte sitzen sehen.

Er leuchtete den Mann mit seiner Taschenlampe an, konnte aber nichts Auffälliges an ihm entdecken. Der Fremde hatte ein rotes Gesicht, war unrasiert und außerordentlich schlecht gekleidet.

„Hören Sie ihn?“ fragte er den Polizisten und wies mit dem Kopf nach oben. „Das erste Mal, daß so was passiert“, sagte er grinsend. „Der ist ja mächtig benebelt. Zu toll, daß der sich auch besäuft! Heute abend ist er mir durch die Lappen gegangen, und ich hätte ihn niemals wieder erwischt ... da hör' ich ihn zufällig singen. Er muß ordentlich geladen haben."

Der laute Gesang war inzwischen verstummt, und sie hörten nur noch ein unmelodisches Summen.

„Ist das ein Freund von Ihnen?" fragte der Beamte den seltsamen Fremden.

Der kleine Mann schüttelte den Kopf.

„Das weiß ich nicht. Ich will ja gerade herausbringen, ob er nett zu mir ist oder nicht."

Der Polizist machte eine unwillige Handbewegung.

„Sehen Sie zu, daß Sie weiterkommen, und lassen Sie sich hier nicht wieder blicken", sagte er barsch.

„Schon gut", erwiderte Mr. Tickler und ging davon.

Der Polizist kam in Versuchung, ihn zurückzurufen, um den Namen des betrunkenen Sängers zu erfahren, aber dann entschloß er sich doch nicht dazu und beobachtete Mr. Tickler nur, bis er ihn nicht mehr sehen konnte.

Es war kurz vor zwei Uhr morgens, und der Polizist ging zu der Stelle, an der er seinen Sergeanten treffen sollte.

Mr. Tickler wanderte den Portland Place entlang und schaute in jeder Türnische nach Zigaretten- oder Zigarrenstummeln, die die Herren bei ihrer Rückkehr nach Hause vielleicht fortgeworfen hatten.

Welchen Erfolg würde er haben, wenn er an der richtigen Stelle erzählen könnte, was er erfahren hatte! Oder er hätte auch gleich den Sänger da oben erpressen können. Damit kann man leicht Geld verdienen, wenn der andere genug besitzt. In einer Wirtschaft in der Oxford Street trank er eine Tasse Kaffee. Er hatte zur Zeit etwas Geld, sogar eine Schlafstelle, und er konnte mit dem Autobus fahren, wenn er wollte.

Gestärkt trat er wieder auf die Straße und schlenderte Regent Street entlang. Dort traf er den Mann, dem er am wenigsten begegnen wollte.

Surefoot Smith stand im Schatten eines zurückliegenden Schaufensters. Er war untersetzt und trug einen eng anliegenden Mantel. Den steifen Filzhut hatte er wie gewöhnlich in den Nacken geschoben; sein rundes Gesicht war lebhaft gerötet. Hätte er nicht geraucht, so hätte er eine Statue sein können.

„Heda!"

Widerwillig drehte sich Tickler um und erkannte den Beobachter. Er richtete sich auf, nahm die Schultern zurück und ging mit leichten Schritten vorwärts. Dadurch hoffte er, nicht erkannt zu werden.

Surefoot Smith hatte aber ein seltsam gutes Gedächtnis, das wie eine geordnete Kartei funktionierte. Selbst den kleinsten und unwichtigsten Missetäter, der durch seine Hände gegangen war, vergaß dieser Polizeibeamte nicht.

„Kommen Sie her."

Tickler gehorchte.

„Was treiben Sie denn jetzt, Tickler? Verlegen Sie sich noch auf Einbrüche, oder schleppen Sie nur das Bier für größere Gauner herbei? Es ist zwei Uhr morgens – haben Sie eine Bleibe?"

„Jawohl."

„So? Aber sicherlich doch nicht hier draußen in West End?"

Mit oder ohne Berechtigung durchsuchte der Detektiv den Mann, und der Kleine streckte auch gehorsam die Arme aus.

„Hab' kein Werkzeug bei mir, keinen Meißel, kein Stemmeisen, nicht einmal einen Schießprügel. Ich führe jetzt wirklich ein anständiges Leben."

Surefoot Smith war mit dem Ergebnis der Durchsuchung zufrieden.

„Reden Sie keinen Unsinn. Auf was für besondere Diebereien sind Sie denn jetzt aus? Sie werden mir doch nicht sagen wollen, daß Sie ehrlich Ihr Geld verdienen.“

In diesem Augenblick flammte zweimal eine Taschenlampe von dem Dach des Hauses auf, das Smith beobachtete. Sofort tauchten aus allen benachbarten Türnischen Gestalten auf, die das Gebäude umzingelten. Surefoot Smith war einer der ersten, die den gegenüberliegenden Bürgersteig erreichten.

Ein lautes Klopfen drüben an der Haustür sagte Mr. Tickler, was er wissen wollte. Das Haus wurde von der Polizei durchsucht. Vielleicht war es ein Spielklub, vielleicht noch etwas Schlimmeres.

Tickler war froh, daß er so gut weggekommen war, und machte sich schleunigst davon. Am Piccadilly Circus blieb er stehen und überlegte. Und je länger er nachdachte, desto mehr kam ihm zum Bewußtsein, daß er eine äußerst günstige Gelegenheit versäumt hatte. Mit gesenktem Kopf ging er Piccadilly entlang und träumte davon, sich leicht und mühelos Geld zu verschaffen.

3

Mary Lane sah erschrocken auf ihre goldene Armbanduhr.

„Vier Uhr, mein Lieber!“

Es tanzten immerhin noch etwa zwanzig Paare auf dem Parkett des Gesandtschafts-Klubs. Es war ein Galaabend, und bei solchen Festen wurde es immer sehr spät.

„Tut mir leid, daß es so ein langweiliger Abend war.“

Aber Dick Allenby sah nicht gelangweilt aus. Er hatte freundliche blaue Augen und ein faltenloses, sonnengebräuntes Gesicht, obwohl er in den letzten vierundzwanzig Stunden nicht geschlafen hatte.

„Auf jeden Fall hast du mich gerettet“, sagte er und winkte einem Kellner. „Bis du kamst, war ich ganz allein. Ich habe geschwindelt, als ich dir erzählte, daß Moran hier war und später wegging. Der Junge war überhaupt nicht da. Jerry Dornford sucht Anschluß – er scheint die Hoffnung noch nicht aufgegeben zu haben."

Er sah zu einem Tisch auf der anderen Seite des Tanzsaals hinüber, wo der tadellos gekleidete Jerry saß.

„Ich kenne ihn kaum", entgegnete Mary.

Er lächelte.

„Er möchte dich eben besser kennenlernen, aber ich kann dir nur den guten Rat geben, ihm aus dem Weg zu gehen. Jerry entfernte sich kurz vor dem Abendessen und ist erst vor kurzem wieder aufgetaucht. Die Gesellschaft, die du besucht hast, war wohl auch nicht sehr anregend, was? Dieser Wirth ist doch ein ganz merkwürdiger Kerl. Ich muß sagen, Mike Hennessey hat sich ziemlich viel herausgenommen, daß er dich dazu eingeladen hat."

„Aber Mike ist ein netter Mensch", protestierte sie.

„Mike ist ein Verbrecher. Ein liebenswürdiger Charakter, aber doch ein Verbrecher. Solange der frei herumläuft, ist es eine Schande, daß andere Leute im Gefängnis sitzen."

Sie traten auf die Straße hinaus, und während sie auf ein Taxi warteten, sah Dick Allenby ein bekanntes Gesicht.

„Mr. Smith, Sie sind noch so spät auf den Beinen?"

„Sie meinen so früh am Morgen", entgegnete der Detektiv und begrüßte die junge Dame.

„Guten Morgen, Miss Lane. Eigentlich keine gute Angewohnheit, in einen Nachtklub zu gehen."

„Ich habe eine ganze Menge schlechter Angewohnheiten", erwiderte sie lächelnd.

Ein Taxi fuhr vor. Mary lehnte Dicks Begleitung ab, und der Wagen entfernte sich.

„Nette junge Dame", bemerkte der Chefinspektor. „Schauspielerinnen mag ich im allgemeinen nicht – ich komme gerade von der Marlborough Street, wo ich drei verhaftet habe."

„Haben Sie eine kleine Razzia abgehalten?"

„Ach, es war nichts von Bedeutung. Übrigens wäre ich neulich beinahe in Ihre Werkstätte gekommen und hätte mir Ihre neue Schußwaffe angesehen. Ist doch wohl eine Art Luftgewehr?"

„Ja. Wer hat Ihnen denn davon erzählt?"

„Dieser Dornford. Ich verstehe die Mechanik Ihrer neuen Pistole nicht. Dornford sagt, daß bei jedem Abfeuern die Waffe neu geladen wird."

„Durch das Abfeuern erhalte ich komprimierte Luft."

Dick Allenby war nicht in der Stimmung, über seine Erfindung zu sprechen.

„Das Ding sollten Sie nach Chikago verkaufen, dort haben die Leute großes Interesse an solchen Sachen. Jede Woche werden mindestens sechs Leute umgebracht, und die Polizei fängt niemand!"

Dick lachte. Er war erst vor einem Monat aus Chikago zurückgekehrt und kannte die schweren Aufgaben, die die Polizei drüben zu lösen hatte.

„Wenn einer umgebracht werden soll", fuhr Smith fort, „machen sie mit ihm eine Spazierfahrt aufs Land und jagen ihm unterwegs eine Kugel durch den Kopf. So etwas wäre hier einfach nicht möglich."

„In der Beziehung bin ich etwas skeptisch." Dick schüttelte den Kopf. „Aber es ist beinahe halb fünf, und ich möchte mich jetzt nicht länger über Verbrechen unterhalten. Kommen Sie mit in meine Wohnung, dort können wir noch ein Glas trinken."

„Schön, ich begleite Sie. Schlafen kann ich doch nicht mehr. Dort steht ein Taxi."

Das Auto stand mitten auf der Straße neben einer Verkehrsinsel.

Smith pfiff. „Der Chauffeur ist fortgegangen“, sagte der Portier des Nachtklubs. „Ich habe schon vorhin versucht, den Wagen für die Dame zu rufen.“

„Der Kerl schläft wahrscheinlich“, meinte Smith und ging über die Straße. Dick folgte.

Der Chefinspektor sah durch das geschlossene Fenster, konnte aber im Innern nichts erkennen. Als er schließlich die Tür aufmachte, sah er jemand am Boden liegen.

„Der Mensch scheint sinnlos betrunken zu sein!“ rief Smith und leuchtete die Gestalt mit seiner Lampe an.

Das Gesicht war grauenvoll entstellt, denn der Mann hatte aus nächster Nähe einen Schuß in den Kopf erhalten. Aber Smith erkannte trotzdem, daß Mr. Horace Tom Tickler tot in diesem Wagen lag.

„Was, den hat man auch auf eine Spazierfahrt mitgenommen?“ fragte der Chefinspektor verstört. „Großer Gott, wir leben doch nicht in Chikago!“

4

Fünf Minuten später war ein Dutzend Polizeibeamter zur Stelle. Ein Sergeant in der Marlborough Street, der gerade einen Betrunkenen transportierte, hatte sie alarmiert.

„Der ist mit einer Pistole von sehr kleinem Kaliber aus allernächster Nähe erschossen worden“, sagte er, als er den Toten oberflächlich untersucht hatte.

Kurz darauf kam der Krankenwagen, und Horace Tom Ticklers Leiche wurde fortgeschafft. Ein Polizist brachte das Auto zur nächsten Polizeiwache. Die Nummer war bereits aufgeschrieben, und Scotland Yard hatte Beamte ausgeschickt, um den Eigentümer, den Taxichauffeur Wells, aufzutreiben.

Man hatte Dick Allenby nicht besonders eingeladen, an den Ermittlungen teilzunehmen, aber er ging trotzdem zur Polizeiwache mit.

Der Mann war tatsächlich im Wagen erschossen worden. Das Geschoß hatte ein Loch in den Lederbezug gerissen.

„Wahrscheinlich lebte er noch, als er auf dem Boden lag“, meinte Smith. „Der Mörder muß einen zweiten Schuß abgefeuert haben. Wir haben nämlich eine Kugel im Boden des Wagens entdeckt.“

„Haben Sie den Chauffeur gefunden?“ fragte Dick.

„Der ist auf dem Weg hierher.“

Mr. Wells war entsetzt, als er erfuhr, unter welchen Umständen man sein Auto gefunden hatte. Seine Aussagen waren klar. Kurz vor zwei Uhr hatte er den Wagen wie gewöhnlich vor der verschlossenen Garage stehenlassen, damit er am frühen Morgen geputzt und für die Tagestour fertiggemacht werden konnte. Er durfte das riskieren, da Taxis äußerst selten gestohlen wurden; sie konnten leicht erkannt werden und brachten daher den Autodieben nichts ein.

Wells hatte ein vorzügliches Alibi. Als er den Wagen verlassen hatte, war er zur nächsten Polizeiwache gegangen, um dort einen Regenschirm und eine Brieftasche abzugeben, die einer der Fahrgäste liegengelassen hatte. Ein Polizist hatte gesehen, wie er den Wagen vor der Garage stehenließ, und war auch später dazugekommen, als der Chauffeur die Gegenstände persönlich auf der Wache abgab.

Es war bereits sieben Uhr, und die Straßen in West End belebten sich allmählich. Dick fuhr zu seiner Wohnung in Queen's Gate zurück. Er war sehr beruhigt darüber, daß Mary nicht über die Straße gegangen war und die Tür des Unglücksautos geöffnet hatte. Es war zwanzig Minuten vor der Entdeckung an der Stelle geparkt worden. Der Portier hatte beobachtet, wie der Chauffeur den Wagen verließ und in Richtung der Air Street ging.

Die Polizeibeamten stellten fest, daß der Hebel der Zähluhr immer noch nach unten gedrückt war und auf siebzehn Shilling zeigte. Daraus konnten sie annähernd berechnen, wieviel Zeit zwischen dem Mord und der Entdeckung des Verbrechens vergangen war.

Spät am Nachmittag suchte der Chefinspektor Dick Allenby in seiner Wohnung auf.

„Ich dachte, Sie würden sich dafür interessieren, wie weit wir mit unseren Nachforschungen gekommen sind. Wir haben in einer der Taschen des Toten hundert Einpfundnoten gefunden."

„Was, so viel Geld hatte Tickler bei sich?"

„Woher wußten Sie denn, daß der Mann Tickler heißt?" Surefoot Smith sah ihn argwöhnisch an.

Dick antwortete nicht gleich.

„Nun ja, ich erkannte ihn, als er im Wagen lag. Früher war er einmal Diener bei meinem Onkel."

„Davon haben Sie aber gestern abend kein Wort gesagt."

„Ich war meiner Sache zuerst nicht ganz sicher. Erst als er aus dem Wagen gehoben wurde, konnte ich es genau feststellen. Ich glaube, der Mann wurde entlassen, weil er gestohlen hatte, und zwar vor etwa sechs oder sieben Jahren."

Der Chefinspektor nickte.

„Nun, dann ist alles in Ordnung. Ich wollte Ihnen eben dasselbe erzählen. Heute morgen habe ich nämlich den alten Lyne aufgesucht, aber der kümmert sich nicht um Scotland Yard. Der ist also Ihr Onkel? Da kann man Ihnen ja gratulieren!"

„Was sagte er denn?" fragte Dick neugierig.

Surefoot Smith steckte seine große Pfeife an und setzte sich.

„Die Geschichte machte nicht den geringsten Eindruck auf ihn. Er erinnerte sich nur noch daran, daß Tickler gestohlen hatte, und das wußten wir selbst auch schon. Hundert Einpfundnoten! Wenn wenigstens eine Fünfpfundnote darunter gewesen wäre! Dann kämen wir leichter vorwärts. Ich möchte nur wissen, wer den auf die Fahrt mitgenommen hat. Sicher war es ein Amerikaner.“

Smith sah mehrere Flaschen Bier unter einer der Werkbänke, öffnete zwei und trank sie kurz hintereinander aus.

„Wie fanden Sie denn meinen lieben Onkel?“

„Sind Sie mit ihm befreundet?“

Dick schüttelte den Kopf.

„Nun, dann kann ich Ihnen ja ruhig sagen, was ich von ihm denke.“

Der Chefinspektor äußerte sich in wenig schmeichelhafter Weise über Hervey Lyne.

„Das mag stimmen“, pflichtete Dick Allenby bei und sah ruhig zu, wie der Chefinspektor eine weitere Flasche Bier nahm. „Ich spreche in der letzten Zeit überhaupt nicht mehr mit ihm.“

„Sagen Sie mal, hatten Sie nicht seinerzeit einen Wortwechsel mit Tickler?“

Dick kniff die Augenlider zusammen.

„Hat Lyne Ihnen das erzählt?“

„Irgend jemand hat es mir gesagt“, bemerkte Smith.

„Ja, ich habe ihn aus meiner Wohnung hinausgeworfen. Er brachte eine beleidigende Mitteilung von meinem Onkel und fügte von sich aus noch ein paar unverschämte Bemerkungen hinzu.“

Smith erhob sich von der Bank und klopfte sich sorgfältig ab.

„Das hätten Sie mir alles gestern abend sagen sollen“, entgegnete er vorwurfsvoll. „Sie hätten mir damit viel Arbeit erspart.“

Er betrachtete die merkwürdig aussehende Luftpistole, nahm sie in die Hand und legte sie wieder hin.

„Mit so einer Waffe hätte man die Schüsse abfeuern können, die Tickler getötet haben.“

„Wollen Sie damit sagen, daß ich den Mann umgebracht habe?“ fragte Allenby ärgerlich.

Der Chefinspektor lächelte.

„Lassen Sie sich die Laune nicht verderben. Ich habe ja gar nichts gegen Sie. Mein Groll richtet sich nur gegen die wissenschaftlichen Methoden, mit denen die Verbrecher heutzutage arbeiten.“

„Gewiß ist das eine gute Waffe“, erwiderte Dick, der sich wieder faßte, „aber ich verfolge damit ganz andere Ziele – ich weiß nicht, ob ich das in Ihren Schädel trommeln kann . . .“

„Danke schön“, murmelte Smith.

„Sie soll vor allem für die Industrie nutzbar gemacht werden. Wenn ich hier in dieser Stahlkammer eine gewöhnliche Patrone abschieße, erziele ich einen unheimlich hohen Luftdruck, den ich dazu verwenden kann, eine Maschine in Gang zu setzen. Genauso kann ich mit dem Ding einem Galgenvogel das Lebenslicht ausblasen.“

Smith sollte um vier Uhr nachmittags an einer Konferenz in Scotland Yard teilnehmen. Er haßte derartige Besprechungen, bei denen die Leute an einem runden Tisch zusammensaßen, rauchten und hochtrabende Reden über Dinge hielten, von denen sie nichts verstanden. Aber dieses Mal kam er pünktlich und fand, daß seine vier Kollegen dieses Verbrechen ebensowenig erklären konnten wie er selbst.

Eine neue Nachricht war inzwischen eingetroffen. Ein Polizist, der am Portland Place patrouillierte, hatte in dem Toten einen Mann wiedererkannt, den er kurz vor zwei Uhr in einer Nebenstraße gesprochen hatte. Das stimmte mit den Beobachtungen des Chefinspektors überein, der um zwei Uhr Tickler vom Portland Place her die Regent Street hatte entlanggehen sehen.

Merkwürdigerweise hatte der Polizist nichts von dem betrunkenen Mann erzählt, für den sich Tickler so sehr interessiert hatte.

„Das bringt mich auch nicht weiter“, sagte Surefoot und legte den Bericht beiseite. „Ich möchte nur wissen, warum dieser kleine Dieb ums

Leben kam. Er war ziemlich am Ende. Bevor ich ihn anrief, habe ich mit eigenen Augen gesehen, wie er sich nach Zigarettenstummeln bückte."

Smith fand in seinem kleinen Büro eine Anzahl von Briefen. Einer davon war in Westminster aufgegeben und am Nachmittag zugestellt worden. Das Kuvert war schmutzig, und eine wenig geübte Hand hatte die Adresse geschrieben. Der Chefinspektor riß den Umschlag auf und nahm ein Blatt Papier heraus, das von einem billigen Notizblock abgerissen war. Mit Bleistift stand darauf gekritzelt:

Wenn Sie wissen wollen, wer den armen Mr. Tickler ermordet hat, so erkundigen Sie sich am besten bei Mr. L. Moran.

Smith sah lange auf die Nachricht.

„Warum auch nicht?" fragte er dann laut. Er hielt Mr. Moran schon immer für eine dunkle Persönlichkeit.

5

Mary Lane war davon überzeugt, daß sie eines Tages im West End als große Schauspielerin gefeiert werden würde, wenn sie sich auch den Wunschtraum, über Nacht berühmt zu werden, aus dem Kopf geschlagen hatte.

Am zweiten Morgen nach der Gesellschaft bei Washington Wirth hatte sie eine kurze Unterredung mit Mr. Hervey Lyne über die Rente, die er ihr zahlte. Es war keine angenehme Unterhaltung.

„Wenn du zur Bühne gehst, mußt du eben damit rechnen, daß du nur ein Hungerleben führen kannst. Dein Vater hat mich zum Vollstrecker seines Testaments gemacht, und ich besitze unbeschränkte Vollmacht. Und ich sage dir nochmals, bis zu deinem fünfundzwanzigsten Geburtstag bekommst du nicht mehr als hundertfünfzig Pfund jährlichen Zuschuß. Es hat keinen Zweck, noch weiter darüber zu reden."

Mary Lane beherrschte sich in bewunderungswürdiger Weise.

„Ein Vermögen von zwanzigtausend Pfund bringt mehr als hundertfünfzig jährlich ein“, sagte sie.

„Du bekommst nicht mehr Geld in die Hand, ehe du fünfundzwanzig bist. Und dann werde ich glücklich sein, wenn ich nicht mehr dein Vormund sein muß. Übrigens noch eins: Du bist mit meinem Neffen Richard Allenby befreundet?“

Sie warf den Kopf in den Nacken.

„Ja.“

Er drohte ihr mit dem Finger.

„Ich möchte dich warnen. Von mir bekommt er nichts, ganz gleich, ob ich lebe oder tot bin.“

Der Butler Binny begleitete sie bis zur Tür und war sehr liebenswürdig zu ihr.

„Nehmen Sie sich das nicht zu Herzen“, sagte er beruhigend. „Heute hat er seinen bösen Tag.“

Sie erwiderte nichts darauf. Binny seufzte schwer und schüttelte traurig den Kopf, als er die Haustür schloß.

Der alte Hervey Lyne war ein exzentrischer Mensch, mit dem nicht leicht auszukommen war.

Die vornehmen Herren, die während der Regierungszeit der Königin Viktoria Tausende auf ihre Rennpferde setzten und Einladungen und Sektgelage gaben, waren manchmal in Schwierigkeiten, bares Geld aufzutreiben. Dann kamen sie immer zu Hervey, weil sie sofort wußten, ob er ihnen Geld leihen würde oder nicht.

Das war das Angenehme an ihm, daß er sofort ja oder nein sagte. Und was er sagte, meinte er auch, ohne lange zu handeln oder zu feilschen. Er gab das Geldgeschäft auf, als die Testamentsvollstrecker des Herzogs von Crewdon einen großen Prozeß gegen ihn anstrengten und verloren. Hervey hatte bestimmt damit gerechnet, daß die Gegner gewinnen würden.

Er betrachtete alle Leute, die zu ihm kamen, als Narren und hatte nicht die geringste Achtung vor ihnen. Seiner Meinung nach war es töricht, Geld zu borgen, hohe Zinsen zu zahlen und das Geld zurückzugeben.

Auch Dick Allenby hielt er für einen Narren, einen unverschämten Burschen, der sich für einen Erfinder hielt und nicht klug genug war, beizeiten Geld zu verdienen. Ebenso war Mary Lane in seinen Augen eine dumme Person, eine alberne Schauspielerin, die sich in Pose setzte, ihr Gesicht schminkte und für eine viel zu kleine Gage auf der Bühne arbeitete. Allenby war sein Neffe, der bei etwas vernünftigem Benehmen leicht von ihm eine Million hätte erben können. Mary Lane war die Tochter seines früheren Partners und hätte, wenn sie einen anderen Beruf gehabt hätte, dieselbe Summe bekommen können.

Seine Dienstboten hielt er natürlich auch für besondere Dummköpfe.

Binny kümmerte sich aber nicht um das, was sein Herr von ihm dachte. Er war freundlich, hatte große treue Augen und einen vollständig kahlen Kopf. Er war ein wenig faul, und seine Frau hatte morgens immer viel Mühe, ihn aus dem Bett zu bringen.

Er versah alle möglichen Dienste bei Mr. Lyne: er war Kammerdiener, Privatsekretär, Bote, Butler und Krankenpfleger. Von Rechts wegen hätte er ein hohes Gehalt haben müssen.

Der alte Hervey saß in seinem Rollstuhl zwischen den Kissen und sah düster auf die Setzeier und die Toastschnitten, die vor ihm auf einem Tablett standen.

„Hat dieser verrückte Detektiv wieder nach mir gefragt?“

„Nein“, entgegnete Binny. „Sie meinen doch Mr. Smith?“

„Ich meine den blöden Kerl, der sich nach diesem Verbrecher Tickler erkundigte“, rief der Alte heftig und schlug mit der Faust so hart auf den Tisch, daß die Tassen tanzten.

„Der im Auto gefunden wurde?“

„Fragen Sie nicht so dumm, Sie wissen es doch ganz genau. Natürlich hat ihn irgendeiner von dem Diebsgesindel getötet, mit dem er befreundet war. Die Leute nehmen ja gewöhnlich ein solches Ende."

Hervey Lyne verfiel in Schweigen. Er schaute düster vor sich hin und dachte darüber nach, ob Binny ihn auch bestahl. Seit einiger Zeit war sein Verdacht gewachsen, da die Rechnungen bei der Kolonialwarenhandlung immer größer wurden. Binny hatte zwar erklärt, daß die Lebensmittelpreise in die Höhe gegangen seien, aber das war nach Lynes Meinung gelogen. Der Kerl gehörte zu diesen verdammt ruhigen Leuten, die vor ihrem Herrn kriechen, sich aber kein Gewissen daraus machen, ihn zu bestehlen. Es war höchste Zeit, daß er Binny entließ und einen anderen Butler engagierte.

„Wann kommt dieser Bursche?" fragte er barsch.

Binny schenkte am Nebentisch seinem Herrn gerade eine Tasse Tee ein. Er wandte den Kopf und sah ihn ungewiß an.

„Wen meinen Sie? Die junge Dame ist um neun gekommen."

Hervey verzog verächtlich den Mund.

„Sie Dummkopf, ich meine den Bankdirektor."

„Mr. Moran – um zehn."

„Bringen Sie mir den Brief – bringen Sie ihn sofort!"

Binny stellte die Teetasse vor Mr. Lyne, blätterte in einem kleinen Stoß von Papieren, die auf dem offenen Sekretär lagen, und fand schließlich, was er suchte.

„Lesen Sie vor – lesen Sie genau", drängte der alte Mann.

Sein Augenlicht war sehr schlecht geworden. Er konnte wohl noch hell und dunkel unterscheiden, an dem lichten Schein erkennen, wo das Fenster lag, ohne Hilfe die siebzehn Treppenstufen hinaufsteigen, die zu seinem Schlafzimmer führten, und seinen Namen unterschreiben. Aber das war auch alles.

Binny las mit monotoner Stimme:

„Sehr geehrter Mr. Lyne,

es wird mir ein Vergnügen sein, morgen vormittag um zehn Uhr bei Ihnen vorzusprechen.

Mit vorzüglicher Hochachtung
Leo Moran“

Hervey lächelte wieder.

„So, es wird ihm ein Vergnügen sein?“ wiederholte er mit schriller Stimme. „Meint der Kerl denn, ich bestelle ihn zum Vergnügen her?“

Es klingelte an der Haustür. Binny ging nach unten und kam kurz darauf mit dem Besucher zurück.

„Mr. Moran“, meldete er.

„Nehmen Sie Platz, Mr. Moran.“ Der alte Mann machte eine ungewisse Handbewegung. „Binny, bringen Sie einen Stuhl, und dann machen Sie, daß Sie hinauskommen – verstanden? Und horchen Sie nicht an der Tür, verdammt noch mal!“

Der Besucher lächelte, als sich die Tür hinter Binny schloß. Die Worte schienen wenig Eindruck auf den Butler gemacht zu haben.

„Mr. Moran, Sie sind mein Bankier.“

„Ja, Mr. Lyne. Ich habe schon vor einem Jahr angefragt, ob ich einmal mit Ihnen sprechen könnte – vielleicht erinnern Sie sich daran?“

„Natürlich. Aber ich mag keine Bankdirektoren sehen. Die sollen dafür sorgen, daß mein Geld Zinsen bringt. Das ist ihre Pflicht, dafür werden sie bezahlt. Haben Sie die Abrechnung?“

Der andere zog einen Briefumschlag aus der Tasche, öffnete ihn und nahm zwei große, zusammengefaltete Bogen heraus.

„Hier“, begann er. Sein Stuhl krachte, als er sich erhob.

„Ich will die Abrechnung nicht sehen. Sagen Sie mir die Endsumme.“

„Zweihundertundzwölftausendsiebenhundertsechzig Pfund und einige Shilling.“

„Hm!“ erwiderte Mr. Lyne zufrieden. „Und wie steht es mit den Wertpapieren?“

„Nach dem jetzigen Kursstand sind sie sechshundertzweiunddreißigtausend Pfund wert.“

„Ich will Ihnen sagen, warum ich mit Ihnen sprechen wollte“, sagte Lyne, fügte aber sofort argwöhnisch hinzu: „Öffnen Sie doch einmal die Tür und sehen Sie zu, ob dieser verdammte Kerl horcht.“

Der Besucher erhob sich, machte die Tür auf und schloß sie wieder.

„Es ist niemand draußen.“

Er lächelte, aber Mr. Lyne konnte das nicht beobachten.

„So, es ist niemand draußen? Also, Moran, dann hören Sie einmal zu. Ich halte mich für einen sehr fähigen Mann. Damit will ich mich nicht rühmen; das ist eine Tatsache, die Sie selbst feststellen können. Ich traue niemandem, nicht einmal einem Bankdirektor. Meine Sehkraft ist nicht mehr besonders gut, und es fällt mir schwer, Rechnungen zu kontrollieren. Aber ich habe ein sehr gutes Gedächtnis, das ich dauernd trainiere. Ich kann Zahlen unheimlich lange behalten, und ich hätte Ihnen bis auf einige Shilling genau die Summe nennen können, die Sie eben angaben.“ Der alte Mann machte eine Pause und sah durch seine dicken Gläser zu dem Besucher hinüber, der auf der anderen Seite des Schreibtisches saß.

„Hoffentlich spekulieren und spielen Sie nicht?“

„Nein, Mr. Lyne.“

Mr. Moran atmete erleichtert auf, als er sich wieder von dem Alten verabschieden konnte.

Binny wurde durch ein Klingelzeichen seines Herrn in seinem Zimmer aufgestört. Als er nach oben kam, war der Besucher schon gegangen.

„Sagen Sie, Binny, wie sah der Mann aus? Hatte er ein ehrliches Gesicht?“

Der Butler dachte lange nach.

„Er hatte ein ganz gewöhnliches Gesicht“, meinte er dann.

Lyne war ärgerlich.

„Bringen Sie das Frühstücksgeschirr weg. Wer kommt denn heute sonst noch?“

Binny überlegte lange.

„Ein gewisser Dornford.“

„Ein Herr namens Dornford“, verbesserte ihn der Alte. „Er schuldet mir Geld, deshalb ist er ein Herr. Wann kommt er?“

„Ungefähr um acht.“

„Sie bleiben im Zimmer, wenn er kommt. Haben Sie mich verstanden? Er ist ein gemeiner Kerl – ein gefährlicher Mensch. Es ist gut, wenn Sie da sind.“

„Jawohl.“

6

Arthur Jules, der sich stets sehr wichtig vorkam, war ein düsterer, verhältnismäßig kleiner junger Mann. Er trug ein Monokel, hatte eine tadellose Frisur und war immer so gekleidet, als ob er an einer großen Festlichkeit teilnehmen sollte.

Als Attaché bei einer südamerikanischen Gesandtschaft befaßte er sich auf eigene Faust mit Diplomatie. In einem Land, wo die Leute mehr verdächtigt werden als in England, hätte man ihm vermutlich äußerst höflich seinen Paß zugestellt und ihn unter besonderer Aufsicht eines Detektivs in seine Heimat abgeschoben.

Eines Tages saß er an seinem Fenster, von dem aus er die St. James Street übersehen konnte. Er strich seinen kleinen schwarzen Schnurrbart nachdenklich und unterhielt sich mit Jerry Dornford.

Jedermann kannte Jerry. Er besaß all die angenehmen Umgangsformen, die begüterten Leuten einen Verschwender lieb und wert machen. Wie

Jules war er Mitglied des Snells-Club. Er gehörte auch all den vornehmen Klubs an, in denen sich die oberen Zehntausend treffen, zahlte pünktlich seine Beiträge, und alle seine Schecks wurden von der Bank honoriert. Man konnte ihm nichts vorwerfen, er war bisher all seinen Verpflichtungen nachgekommen. Er war groß, trug elegante Kleidung, ging aber etwas vornübergeneigt. Seine braunen Haare lichteten sich auf dem Scheitel schon stark. Er hatte tiefliegende Augen und lächelte müde und nachsichtig, wenn er jemand ansah.

Jerry hatte ein sehr flottes Leben hinter sich und brauchte viel Geld. Er war Junggeselle und lebte in einer kleinen Wohnung in der Half Moon Street, wo er auch gelegentlich seine Gesellschaften gab.

Augenblicklich hatte er wieder einmal dringend Geld nötig, und Jules wußte, wie sehr er in der Klemme war. Die beiden hatten nur wenig Geheimnisse voreinander und kannten sich sehr gut.

„Wie heißt denn eigentlich dieser Mann?"

„Hervey Lyne."

„Hervey Lyne? Ja, den kenne ich. Das ist ein alter Tapergreis. Als mein Vater in London Legationssekretär war, hat er auch schon Geld von ihm geborgt. Das muß in den neunziger Jahren gewesen sein. Aber ich dachte, der Mann hätte jetzt das Geschäft aufgegeben."

Jerrys Mundwinkel zuckten leicht.

„Er hat sich schon lange vom Geschäft zurückgezogen. Seit Jahren schulde ich ihm dreitausend Pfund, jetzt sind es mit Zinsen viertausend geworden. Sie wissen doch, daß ich beim Tod meiner Tante Aussicht auf eine große Erbschaft hatte, aber die alte Hexe hat mir nichts vermacht."

„Und jetzt drängt Sie der Geldverleiher?"

„Ja. Er droht, mich zum Bankrott zu treiben, und ich kann ihn leider nicht daran hindern. Bis jetzt habe ich diese Klippe immer vermeiden können. Es hat schon manchmal sehr böse ausgesehen, aber ich habe die Sache stets eingerenkt."

Ein langes Schweigen folgte. Jules strich seinen kleinen Schnurrbart häufiger und schneller.

„Mit zweitausend könnten Sie sich helfen? Nun gut, Sie sollen zweitausend haben. Ich stelle nicht die Bedingung, daß Sie zum Kriegsministerium gehen und die Mobilisationspläne stehlen sollen, wie man es in manchen Romanen lesen kann. Aber etwas muß ich doch dafür haben, und zwar für einen Herrn, der einen ähnlichen Beruf hat wie Ihr Freund. Mir erscheint die Summe ja reichlich hoch für einen so kleinen Dienst. Natürlich sage ich das dem Betreffenden nicht. Wenn er so ungeheuere Beträge zahlen will, ist das schließlich seine Sache und berührt mich nicht weiter."

Jerry Dornford sah düster auf die Straße hinaus. Wenn ihm einer sagte, daß er für Geld arbeiten sollte, fiel ihm immer ein, daß er ein Gentleman war, aber er hatte sich schon mit dem Gedanken abgefunden, noch viel unangenehmere Dinge zu tun.

„Ich weiß noch nicht genau, ob ich es durchführen kann", sagte er.

In diesem Augenblick kamen zwei Herren in den Rauchsalon. Jerry kannte beide, aber er interessierte sich nur für den einen.

„Das ist geradezu ein Wink des Schicksals."

„Wer ist es denn?" fragte Jules. Der zweite war ein Klubmitglied. Aber der andere untersetzte Mann mit den blonden Haaren war ihm fremd.

„Das ist Mr. Moran, mein Bankier. Zufällig hat Mr. Lyne auch sein Geld bei ihm."

Jules warf einen schnellen Blick zu den beiden hinüber.

„Nun, wie denken Sie über die Sache?"

Jerry holte tief Atem, dann schüttelte er den Kopf.

„Ich muß es mir erst noch überlegen. Es ist eine ekelhafte Geschichte."

„Aber ein Bankrott wäre doch noch viel ekelhafter", erwiderte Jules liebenswürdig. „Sie müßten dann aus allen Klubs austreten und wären ein armer Junge wie Mike Hennessey. Das wollen Sie doch sicher nicht?"

„Wie kommen Sie auf Mike Hennessey?“ fragte Jerry.

Jules lachte.

„Das ist so eine Gedankenverbindung. Sie gehen doch oft ins Sheridan-Theater? Ich mache Ihnen deshalb nicht die geringsten Vorwürfe. Sie ist wirklich ein hübsches Mädel.“ Er verzog den Mund, als ob er pfeifen wollte. „Allenby hat die junge Dame auch sehr gern. Also überlegen Sie es sich noch einmal, Jerry. Sie können mich ja später im Grosvenor-Hotel anläuten.“

Er schnappte mit den Fingern, um den Kellner herbeizurufen, schrieb seine Anfangsbuchstaben unter die Rechnung und schlenderte zur Tür. Jerry folgte ihm. Sie mußten an Moran und dessen Freund vorübergehen. Der Bankmann sah gerade auf, nickte Jerry freundlich zu und faßte ihn am Ärmel.

„Ich würde diese Woche gern einmal mit Ihnen sprechen, wenn Sie Zeit haben, Jerry.“

Dornford vergaß nie, daß er Mitglied des Snells-Club war, wo nur Gentlemen verkehrten. Dieser Mr. Leo Moran stammte aus niederen Kreisen und war früher einmal Bankangestellter gewesen. Jerry ärgerte sich vor allem, daß dieser Mann ihn mit dem Vornamen anredete. Mit einer unwilligen Bewegung machte er sich frei.

„Gut, ich werde Sie gelegentlich besuchen“, erwiderte er kühl.

Gleich darauf ging er mit Jules die Treppe hinunter.

„Dieses Schwein!“ sagte er empört. „Wie kommt dieser Kerl in den Klub hinein? Bei Snells geht es auch nicht mehr vornehm zu.“

„Es leben alle möglichen Leute auf der Welt, mein Freund, und nicht alle können gleich sein“, entgegnete Jules mit leicht ironischem Unterton. Dann wischte er ein Stäubchen von seinem Rock, klopfte Jerry auf den Arm, als ob er ein Kind wäre, und ging die St. James Street hinauf.

Jerry Dornford zögerte eine Sekunde, folgte dann einem augenblicklichen Impuls, winkte ein Taxi heran und fuhr nach Queen's Gate. Dort stieg er aus und ging zu Fuß weiter.

Dick Allenby wohnte in einem großen Haus, das in kleinere Wohnungen aufgeteilt worden war. Da kein Portier vorhanden war, hatte man den Fahrstuhl zur Selbstbedienung eingerichtet. Jerry fuhr zum vierten Stock hinauf und klopfte an Dicks Arbeitszimmer, das in eine Werkstatt verwandelt worden war. Als niemand antwortete, drückte er die Klinke herunter und trat ein. Das Zimmer war leer, aber Dick hatte offenbar Besuch gehabt. Mehrere leere Bierflaschen standen auf einer Werkbank.

„Allenby, sind Sie hier?“ rief er laut.

Alles blieb still. Nun ging Jerry zu dem Tisch, auf dem der Stahlkasten lag, und hob die Kassette auf. Er war befriedigt, daß er sie mühelos tragen konnte, und setzte sie wieder nieder. Dann wandte er sich zur Tür, zog den Schlüssel heraus und betrachtete ihn aufmerksam. Wachs, um einen Abdruck zu machen, hatte er nicht bei sich, weil er kein Berufseinbrecher war. Aber er hatte früher ein paar Semester auf einer Technischen Hochschule studiert, das kam ihm jetzt zustatten.

Er lauschte. Vom Fahrstuhl her hörte er kein Geräusch. Wahrscheinlich hielt sich Dick in seinem Schlafzimmer auf, das im Stockwerk darüber lag. Dornford machte auf der Rückseite eines Briefumschlags schnell eine Skizze von dem Schlüssel. Trotz der Schnelligkeit war die Zeichnung sehr genau. Er maß mit dem Bleistift die Länge des Bartes ab und machte sich einige Notizen. Als er hörte, daß jemand die Treppe herunterkam, steckte er den Schlüssel lautlos wieder in die Tür.

Er stand gerade vor der Werkbank und betrachtete die leeren Bierflaschen, als Dick eintrat.

„Hallo, Dornford, wollten Sie mich sprechen?“

Die Frage klang gerade nicht sehr ermutigend und freundlich.

Jerry lächelte.

„Ja, ich wollte einmal einen Erfinder besuchen und beobachten, wie er arbeitet. Übrigens habe ich Sie neulich im Theater gesehen – muß schon sagen, eine sehr nette junge Dame. Sie war aber verdammt unhöflich zu mir, als ich neulich zum erstenmal mit ihr sprach."

Dick sah ihm gerade ins Gesicht.

„Und ich werde auch verdammt unhöflich zu Ihnen sein, wenn Sie die Dame das nächste Mal ansprechen."

Dornford lachte.

„Steht es so? Übrigens sehe ich den Alten heute abend – soll ich ihm einen Gruß von Ihnen bestellen?"

„Ich würde Ihnen raten, ihm lieber Ihre Schulden zurückzuzahlen", entgegnete Dick kühl.

Er machte diese Bemerkung aufs Geratewohl. Dornford, der sich selten aus der Fassung bringen ließ, zuckte zusammen und konnte seinen Ärger nicht ganz unterdrücken.

Merkwürdigerweise war es Dick Allenby noch nie zum Bewußtsein gekommen, wie sehr er diesen Mann haßte.

„Warum mögen Sie mich auf einmal nicht mehr? Ich interessiere mich doch überhaupt nicht für Ihre junge Dame. Sie ist eine schöne Frau und ein nettes, liebes Kind, aber auf der Bühne wird sie es in London nicht weit bringen."

„Wenn Sie von Miss Lane sprechen, brauchen Sie kein weiteres Wort zu verlieren. Warum sind Sie eigentlich hergekommen? Sie haben recht, ich bin kein großer Freund von Ihnen. Ich kann mich aber nicht darauf besinnen, daß wir jemals viel füreinander übrig hatten."

„Wir waren doch im selben Regiment", erwiderte Jerry leichthin. „Großer Gott, das sind nun schon zwölf Jahre her –"

Dick öffnete die Tür mit einer nicht mißzuverstehenden Geste.

„Ich möchte Sie nicht gern hier in der Werkstatt haben und lege auch keinen Wert auf unsere Bekanntschaft. Wenn Sie meinen Onkel heute abend sehen sollten, dann sagen Sie ihm, daß ich Sie gebeten habe, meine Wohnung zu verlassen."

Jerry Dornford verlor die Ruhe nicht.

„Sie kennen wahrscheinlich Tickler, der neulich in einem Auto erschossen wurde?" fragte er.

„Ich möchte mit Ihnen nicht über diesen Mord sprechen."

Dick ging auf den Korridor hinaus und zog das Metallgitter vom Lift zurück.

Später ärgerte er sich über sich selbst, aber er haßte Jerrys Lebensauffassung und dessen Art, über die Dinge zu reden.

7

Die Bank war geschlossen, und Surefoot Smith ging deshalb zu Mr. Morans Wohnung. Er kam an Naylors Crescent vorbei, und dort begegnete ihm zufällig Binny, der Butler des alten Lyne. Er kannte den Mann und wußte, daß er eine geborene Klatschbase war. Plötzlich stieg eine dunkle Erinnerung in ihm auf, daß Binny in irgendwelcher Verbindung mit dem Bankdirektor stehen mußte. Vor vielen Jahren hatte er einmal diesen Bezirk als Polizeibeamter verwaltet, und sein Gedächtnis war außerordentlich gut.

„Guten Tag, Mr. Smith."

Binny berührte mit dem Zeigefinger seinen steifen Hut und zögerte einen Augenblick. „Darf ich mir die Frage erlauben, ob es etwas Neues gibt?"

„Sie sagten mir doch, daß Sie diesen Tickler kannten?"

Binny schüttelte den Kopf.

„Ich weiß nur, daß er mein Amtsvorgänger war. Mehr ist mir nicht bekannt."

„Na, das Wort können Sie sich tatsächlich einrahmen lassen“, erwiderte Surefoot kurz. „Er hatte also vorher Ihre Stelle inne. Warum haben Sie das nicht gleich gesagt? Waren Sie nicht übrigens früher einmal bei einem Bankdirektor Moran in Dienst?“

Binny lächelte.

„Ich habe schon für die verschiedensten Leute gearbeitet, zum Beispiel war ich Kammerdiener bei Lord Frenley –“

„Sie brauchen mir Ihre Lebensgeschichte nicht zu erzählen, Binny. Was für ein Mann ist denn dieser Moran? Netter, freundlicher Charakter – großzügig, gibt gern Geld aus?“

Binny dachte nach, als ob sein Lebensglück von seiner Antwort abhinge. „Ja, er war wirklich ein sehr netter Herr. Aber ich war nur sechs Monate bei ihm, er wohnt direkt hier um die Ecke am Park.“

„Ist er ein ruhiger Mensch?“

„Ich habe niemals gehört, daß er großen Lärm machte –“, begann Binny.

„Sie haben mich falsch verstanden“, erklärte Surefoot Smith ärgerlich. „Ich meine, ob er viel auf Weiber, Wein und Spiel gibt. Sie kennen doch die Art Leute. Schließlich sind Sie auch einmal jung gewesen, Binny.“

„Nein, ich könnte nicht sagen, daß sich Mr. Moran viel daraus gemacht hätte. Früher gab er immer kleine Gesellschaften, Damen und Herren vom Theater waren meistens eingeladen. Aber damit ist es vorbei, seitdem er sein Geld verloren hat.“

Surefoot kniff die Augen zusammen.

„Seitdem er sein Geld verloren hat? Was soll das heißen? Er ist doch Bankdirektor und mit einem festen Gehalt angestellt. Wie konnte er denn da Geld verlieren?“

„Es war sein eigenes Geld“, sagte Binny. „Deshalb mußte ich auch damals meine Stellung bei ihm aufgeben. Er hatte verschiedene Anteile an einer großen Bank, und die brach zusammen.“

„Na, das ist ja sehr interessant. Er hat also Schauspieler und Schauspielerinnen eingeladen, gern Wein getrunken und dergleichen mehr."

Binny fühlte sich nicht wohl und sah sich ängstlich nach rechts und nach links um, als ob er davonlaufen wollte.

„Haben Sie es eilig?" fragte der Polizeibeamte.

„Ja – der Hauptfilm beginnt in zehn Minuten, und ich möchte den Anfang nicht gern versäumen."

„Ach so, ins Kino wollen Sie. Sagen Sie mir aber noch, wie das mit Tickler war. Hatte der jemals eine Stellung bei Moran?"

Binny überlegte.

„Nein – nein. Er war Butler bei Mr. Lyne, als ich den Posten bei Mr. Moran hatte. Aber genau kann ich es im Augenblick wirklich nicht mehr sagen. Wissen Sie übrigens, daß Mr. Moran heute abend einen Radiovortrag hält?"

Surefoot sah ihn erstaunt an.

„Mr. Moran spricht über das Bankenwesen", fuhr Binny fort. „Er hält regelmäßig Vorträge."

Surefoot Smith interessierte sich wenig dafür. Er stellte noch ein paar Fragen über den unglücklichen Tickler und ging dann seines Weges.

Parkview Terrace war ein vornehmer Häuserblock, den man nach dem Krieg wie so manches andere große Gebäude in kleine Wohnungen aufgeteilt hatte.

Mr. Moran wohnte im obersten Stockwerk, und Surefoot Smith traf ihn zu Hause an. Der Bankdirektor war gerade dabei, sich zum Abendessen umzukleiden.

Smith wurde in einen großen Raum geführt, der sehr luxuriös und geschmackvoll eingerichtet war. Von zwei Fenstern hatte man einen schönen Ausblick auf den Park und den Kanal. Aber der Beamte achtete nicht darauf. Er interessierte sich mehr für die kostbare Ausstattung des

Zimmers, die er mit dem verhältnismäßig bescheidenen Gehalt eines Bankdirektors nicht in Einklang bringen konnte.

Ein Perserteppich bedeckte den Fußboden, die Beleuchtungskörper an den Wänden waren anscheinend aus Silber. Im Hintergrund stand eine große, sehr bequeme Couch. Besonders fiel Smith eine prachtvolle Glasvitrine auf, die eine Sammlung kostbarer Miniaturen enthielt. Von Gemälden verstand er nicht viel, aber zwei der großen Bilder, die die Wände zierten, hielt er für sehr wertvoll.

Er betrachtete noch den Inhalt der Vitrine, als er Schritte hinter sich hörte. Er wandte sich um und sah Mr. Leo Moran vor sich. Der Bankdirektor trug einen seidenen Schlafrock.

„Hallo, Mr. Smith! Wir sehen uns ja gerade nicht allzu häufig. Nehmen Sie Platz und trinken Sie ein Glas.“ Er klingelte. „Ihr Lieblingsgetränk ist doch Bier?“

„Ganz recht“, erklärte Surefoot befriedigt. „Sie haben aber eine sehr schöne Wohnung.“

„Ja, es wohnt sich hier nicht schlecht“, entgegnete der Bankmann gleichgültig. Dann zeigte er auf ein Gemälde. „Das ist ein echter Corot. Mein Vater hat einmal dreihundert Pfund dafür bezahlt. Aber es ist dreitausend wert.“

„Ihr Vater war sehr wohlhabend?“

Moran warf ihm einen schnellen Blick zu.

„Ja, er hatte Geld. Warum fragen Sie danach? Sie glauben doch nicht etwa, daß ich eine Wohnung wie diese mit meinem jetzigen Gehalt hätte einrichten können? Oder denken Sie, daß ich mir auf unrechte Weise Geld beschafft und die Bank betrogen hätte?“

„Hoffentlich kommt mir ein solcher Gedanke niemals“, erwiderte Smith ernst.

„Bier“, sagte Moran, als sich der Diener in der Tür zeigte. „Aber Sie sind doch mit einer bestimmten Absicht hergekommen? Um was handelt es sich denn?“

Surefoot runzelte die Stirn.

„Ich stelle Nachforschungen nach diesem Tickler an.“

„Ach, das ist der Mann, der neulich erschossen wurde. Wollten Sie fragen, ob ich ihn kannte?“

„Ja.“

„Der Kerl war eine furchtbare Landplage. Er lauerte mir öfter an der Haustür auf und wollte mir etwas erzählen oder etwas verkaufen – ich habe mich aber nicht mit ihm abgegeben, sondern ihn immer kurz abgefertigt.“

Moran hatte sehr schnell gesprochen. Seine manchmal rauhe und etwas gewöhnlich klingende Sprache verriet, daß er keine gute Kinderstube hatte.

„Meinen Sie vielleicht, ich hätte den Mann ermordet?“ fragte er geradezu.

Surefoot lächelte. Es war allerdings nicht klar, ob er über die sonderbare Frage oder über die Flasche Bier lächelte, die der Diener gerade hereinbrachte.

„Kennen Sie Miss Lane?“

„Ja, oberflächlich“, entgegnete Moran kühl.

„Wirklich ein hübsches Mädchen – also, auf Ihr Wohl!“

Surefoot hob das Glas und trank es in einem Zuge aus.

„Gutes Bier.“

„Warum fragen Sie mich nach Miss Lane?“

„Ich wußte, daß Sie sich für das Theater interessieren. Sie haben doch früher Gesellschaften gegeben und Leute vom Theater dazu eingeladen?“

Der Bankdirektor nickte.

„Ja, vor vielen Jahren, in meiner blühenden Jugend. Aber trotzdem verstehe ich die Frage nicht."

„Ach, es interessierte mich nur", sagte Smith leichthin.

Mr. Moran ging im Zimmer auf und ab.

„Warum sind Sie hergekommen, Smith? Zum Teufel, Sie sind doch nicht ein Mann, der bloß herumläuft und alberne Fragen stellt. Sie bringen mich irgendwie mit dem Mord an diesem Herumtreiber in Zusammenhang."

Smith schüttelte den Kopf.

„Sie können mir doch wenigstens sagen, was los ist", fuhr Moran fort. „Seien Sie doch nicht so geheimnisvoll und erzählen Sie mir, warum Sie hier sind."

Mr. Smith wischte seinen Schnurrbart ab und erhob sich langsam. Vor einem Spiegel rückte er seine Krawatte zurecht.

„Nun gut, ich will Ihnen im Vertrauen mitteilen, um was es sich handelt. Wir erhielten einen anonymen Brief, dessen Herkunft jedoch nicht schwer festzustellen war. Er war von Ticklers Wirtin abgeschickt. Einer meiner Beamten hat sich mit ihr unterhalten und dabei folgendes erfahren: Tickler trank viel, und wenn er zuviel geladen hatte, was manchmal zweimal am Tage passierte, sprach er mit seiner Wirtin gewöhnlich über Sie."

„Was, über mich?" fragte Moran schnell. „Aber er kannte mich doch gar nicht näher?"

„Viele Leute sprechen über andere, die sie gar nicht näher kennen. Sehen Sie, wenn man wie Sie in der Öffentlichkeit lebt –"

„Aber das stimmt nicht. Ich lebe durchaus nicht in der Öffentlichkeit. Ich bin weiter nichts als ein kleiner, verhältnismäßig armer Bankdirektor, der seinen Beruf haßt. Ich würde gern viel Geld dafür geben, wenn ich alle Bankbücher auf einen Haufen werfen und ein Freudenfeuer anzünden könnte. Ich hasse die Bank und alles, was damit zusammenhängt. Man würde viel besser einen Nachtklub daraus machen."

Smith schaute ihn verwundert an. Dieses Eingeständnis überraschte ihn vollkommen. Morans Züge hatten sich verfinstert, und seine Stimme klang leidenschaftlich erregt, als er weitersprach.

„Früher hat man mich beinahe einmal aus der Bank hinausgeworfen, weil ich spekulierte. Ich wäre ruiniert gewesen, und ich mußte die Generaldirektoren auf Knien bitten, mich zu behalten. Ich nahm mir vor, meinen Beruf so bald wie möglich aufzugeben, aber jedesmal, wenn ich soweit war, kam mir irgend etwas dazwischen." Er wandte sich an Smith. „Ich kenne Tickler wirklich nicht. Warum er über mich geredet hat, kann ich Ihnen nicht erklären. Ich habe nicht die geringste Ahnung."

Surefoot Smith sah auf seinen Hut, der auf dem Stuhl lag.

„Kennen Sie Mr. Hervey Lyne?"

„Ja, er ist ein Kunde unserer Bank."

„Haben Sie ihn in letzter Zeit einmal gesehen?"

„Nein, in den letzten zwei Jahren nicht."

„Ach so."

Surefoot Smith sagte das nur, weil ihm im Moment nichts Besseres einfiel.

„Gut, ich will jetzt gehen. Es tut mir leid, daß ich Sie aufgehalten habe. Aber Sie wissen ja, unser Beruf bringt das mit sich."

Er reichte dem Bankdirektor seine große Hand. Aber Mr. Moran war so in Gedanken versunken, daß er es übersah. Nachdem er die Tür hinter seinem Besucher geschlossen hatte, ging er in sein Schlafzimmer und setzte sich auf den Rand des Bettes. Nach einer Weile stand er auf, ging quer durch das Zimmer zu einem eingebauten Safe, der hinter einem Bild versteckt war, öffnete ihn und entnahm ihm eine Anzahl von Schriftstücken, Sorgfältig sah er sie durch, legte sie dann in den Schrank zurück und holte eine dicke Brieftasche heraus, in der sich merkwürdige farbige Papiere befanden – Eisenbahn- und Schiffskarten. Obenauf lag sein Paß, und darin ein Paket von dreißig Banknoten zu je hundert Pfund.

Er schloß den Safe wieder, hängte das Bild darüber und kleidete sich dann vollkommen an. Er war bestürzt. Die zufällige Erwähnung von Hervey Lyne hatte ihn erschreckt.

8

Als um acht Uhr abends der Vortrag über „Bankwesen und Sparsystem“ im Radio angekündigt wurde, schalteten die meisten Teilnehmer ab, um auf die Jubilee-Jazzband zu warten, deren Spiel um neun Uhr von Manchester übertragen werden sollte.

Binny mußte seinem Herrn das Programm vorlesen und kam schließlich auch zu dem Vortrag von Mr. Moran um acht.

„Ach, Moran, ist das der Mensch, der gestern hier war?“ fragte der alte Herr.

„Jawohl.“

„Bankwesen!“ brummte Lyne. „Nein, das will ich nicht hören.“

„Sehr wohl“, entgegnete der Butler.

Die weißen, runzeligen Hände des Alten tasteten an dem Tisch entlang, bis sie die goldene Uhr fanden. Dann drückte er auf den Knopf.

„Sechs“, sagte er, als die Repetieruhr geschlagen hatte. „Geben Sie mir meinen Salat.“

„Ich habe den Chefinspektor heute getroffen, der neulich hier war, diesen Mr. Smith –“

„Ich habe Ihnen gesagt, Sie sollen mir meinen Salat bringen.“

Hühnersalat mit Mayonnaise war stets die letzte Mahlzeit, die Lyne jeden Tag zu sich nahm. Binny servierte ihm das Essen, aber er konnte ihm nichts recht machen. Wenn er redete, sollte er den Mund halten, und wenn er schwieg, schimpfte der Alte, daß er blöde sei und nichts sage.

Der Butler räumte schließlich das Geschirr ab und stellte eine Tasse vor seinen Herrn. Als er sich entfernen wollte, wurde er jedoch zurückgerufen.

„Wie stehen die Aktien von Cassari-Petroleum?“

Binny hatte die Kurse auf dem Petroleummarkt seit langem nicht mehr verfolgt und konnte deshalb keine Auskunft geben.

„Holen Sie eine Zeitung, Sie alter Esel!“

Binny brachte ein Abendblatt. Morgens, mittags und abends mußte er seinem Herrn die Kurse der Industrieaktien vorlesen, was er immer sehr langweilig fand. Mr. Lyne hatte sein Geld in goldsicheren Papieren angelegt, die kaum ihren Kurs änderten. Cassari-Petroleum war allerdings eine unangenehme Überraschung gewesen. Die Aktien waren Teile des Vermögens, das er als Treuhänder für Mary Lane verwaltete. Er zögerte lange Zeit, bevor er sie verkaufte und sie gegen sichere Papiere eintauschte. Zwei Jahre lang hatte er sie in Besitz gehabt, und zwei Jahre lang hatte er sich dauernd geängstigt. Die Preise stiegen und fielen wie die Flammen eines Papierfeuers; höchstens eine Woche hielten sie sich.

Binny las die Notierung vor, und Mr. Lyne quittierte mit einem Brummen.

„Wenn sie in die Höhe gegangen wären, hätte ich die Bank verklagt. Dieser niederträchtige Moran hat mir den Rat gegeben, sie zu verkaufen.“

„Sind sie denn in die Höhe gegangen?“ fragte Binny interessiert.

„Kümmern Sie sich um Ihre eigenen Angelegenheiten“, knurrte der Alte unfreundlich.

Um sieben Uhr kam Jerry Dornford. Dauernd hatte er sich unterwegs wiederholt, welche Entschuldigungsgründe er vorbringen wollte. Er hatte das Gefühl, daß er als der letzte Schuldner des alten Finanzmannes von diesem behandelt wurde wie die Maus von der Katze. Sicher freute sich der Mann an seiner Verlegenheit und wollte sich erst noch an seinen Qualen weiden, bevor er ihn erledigte. In dieser Annahme hatte Jerry bis zu einem gewissen Grad recht.

Hervey empfing ihn mit einem Grinsen, das eigentlich ein Lächeln sein sollte. „Nehmen Sie Platz, Mr. Dornford“, sagte er mit seiner hohen Stimme. „Binny, gehen Sie hinaus.“

„Binny ist nicht hier, Mr. Lyne.“

„Dann lauscht er draußen – immer horcht er am Schlüsselloch. Sehen Sie doch einmal nach.“

Dornford öffnete die Tür, konnte aber nichts von dem Butler sehen.

„Sie kommen also wegen des Geldes“, begann der Alte dann. „Dreitausendsiebenhundert Pfund, wenn ich nicht irre, wollten Sie mir doch heute abend zahlen, nicht wahr?“

„Ich bin leider nicht in der Lage, Ihnen heute abend die Summe zu geben, und es wird mir auch nicht so bald möglich sein“, erwiderte Jerry. „Ich kann die Schuld auf keinen Fall schnell begleichen, aber ich habe alles vorbereitet, um Ihnen vier- bis fünfhundert Pfund abzahlen zu können.“

„Die leihen Sie wohl von Stelbey, was?“

Jerry verwünschte sich selbst wegen dieser Dummheit. Er wußte doch, daß die Geldverleiher untereinander eine Liste all der Leute auswechselten, die sie um ein Darlehen angingen.

„Nun, ich kann Ihnen schon im voraus sagen, daß Sie das Geld nicht bekommen. Aber Sie müssen sich Geld beschaffen, sonst übergebe ich die Sache morgen meinem Anwalt.“

Diese Drohung hatte Jerry erwartet.

„Wenn ich Ihnen Ende der Woche zweitausend Pfund bar bezahlen könnte, würden Sie mir dann genügend Zeit geben, die Restsumme zu besorgen?“

Jerry war selbst erstaunt, daß seine Stimme heiser klang. Er hatte doch schon viele Krisen durchlebt und sich nicht aus der Fassung bringen lassen. Aber diesmal war er aufgeregt und nervös.

„Wenn Sie zweitausend beibringen, können Sie auch dreitausendsiebenhundert beschaffen. Bis Ende der Woche wollen Sie

Zeit haben? Ich gebe Ihnen keinen Tag. Und außerdem, woher wollen Sie denn die zweitausend nehmen?“

Jerry räusperte sich.

„Ein Freund von mir –“

„Das ist doch eine Lüge“, erwiderte Lyne zynisch. „Sie haben keine Freunde. Die Leute, die früher mit Ihnen verkehrten, wollen nichts mehr von Ihnen wissen. Ich werde Ihnen sagen, was ich mit Ihnen mache.“ Der Alte lehnte sich über den Tisch und stützte die Fäuste auf die polierte Mahagoniplatte. Er genoß diesen Augenblick des Triumphes. „Ich gebe Ihnen Zeit bis morgen abend um sechs. Dann zahlen Sie mir entweder die ganze Summe, oder ich treibe Sie zum Bankrott.“

Wenn er nur einigermaßen hätte sehen können, würde ihn der haßerfüllte Blick Jerrys erschreckt haben. Aber er sah nichts und fühlte nur, daß seine Worte Eindruck gemacht hatten.

„Verstehen Sie, was ich sage?“

„Ja, ich verstehe.“

„Morgen bringen Sie mir das Geld, dann bekommen Sie den Schuldschein. Aber pünktlich um sechs, sonst übergebe ich die Sache dem Gericht und meinem Anwalt.“

„Aber Mr. Lyne, zweitausend Pfund sind doch auch eine schöne Summe.“

„Bis morgen abend die ganze Summe. Ich habe weiter nichts zu sagen.“

Jerry stand auf. Er zitterte vor Wut.

„Aber ich habe Ihnen noch etwas zu sagen, Sie verdammter alter Wucherer! Sie Bluthund, Sie wollen mich zum Bankrott treiben?“

Hervey Lyne hatte sich erhoben und zeigte mit seiner weißen Hand auf die Tür.

„Machen Sie, daß Sie hinauskommen!“ Auch der Alte konnte vor Aufregung kaum noch sprechen. „Bluthund hat er gesagt einen verdammten alten Wucherer hat er mich genannt – Binny!“

Der Butler kam die Treppe von der Küche herauf.

„Werfen Sie ihn hinaus, werfen Sie den Kerl die Treppe hinunter!“ zeterte der Alte.

Binny zuckte mit den Achseln, als er vor dem Mann stand, der einen Kopf größer war als er selbst.

„Es ist besser, Sie gehen jetzt“, wandte er sich dann leise an ihn. „Und hören Sie nicht auf das, was ich sage. – Wollen Sie wohl machen, daß Sie sofort aus dem Haus kommen?“ brüllte er und machte geräuschvoll die Haustür auf. „So!“ Er schlug sich mit der flachen Hand auf den Schenkel und sah Mr. Dornford entschuldigend an.

Als er wieder nach oben kam, hatte sich der Alte erschöpft in die Kissen zurückgelegt.

„Haben Sie ihn auch ordentlich verprügelt?“ fragte er schwach.

„Und ob ich ihn geschlagen habe! Ich habe mir beinahe das Handgelenk gebrochen.“

„Darauf kommt es gar nicht an. Haben Sie ihm das Handgelenk gebrochen?“

„Der muß mindestens zwei Ärzte rufen, daß sie ihn wieder kurieren“, erklärte Binny mit Überzeugung.

„Ich glaube überhaupt nicht, daß Sie ihn angerührt haben, Sie armseliger Wurm“, erwiderte Lyne. Sein Mund zuckte verächtlich.

„Haben Sie es denn nicht gehört?“ fragte Binny vorwurfsvoll.

„Ja, Sie haben die Hände zusammengeschlagen, Sie alter Lügner! Wenn ich auch blind bin, kann ich doch noch sehr gut hören. Haben Sie vielleicht vorige Nacht den Einbrecher auch geprügelt – oder wann war es? Nein, Sie haben ihn nicht einmal gehört!“

Binny sah ihn hilflos an. Vor zwei Nächten hatte jemand eine Scheibe an der Rückseite des Hauses eingedrückt und ein Fenster geöffnet. Ob der Einbrecher in die Küche gekommen war, konnte man nicht sagen. Lyne, der nur einen leichten Schlaf hatte, hörte die Scherben auf den Boden fallen, ging von seinem Schlafzimmer zur Treppe und rief Binny, der im untersten Stockwerk neben der Küche schlief.

„Haben Sie den etwa verprügelt? Haben Sie den überhaupt gehört?"

„Ich habe ja gleich geraten, die Polizei zu rufen", erwiderte Binny. „In solchen Fällen ist es immer das beste, wenn man den gesetzmäßigen Weg geht."

„Machen Sie, daß Sie verschwinden", brüllte der Alte noch wütender. „Jetzt redet er von Gesetz und Polizei! Glauben Sie denn, ich will eine Menge von tölpelhaften Polizisten hier in meinem Haus haben? Scheren Sie sich fort – ich werde ganz krank, wenn Sie hier im Zimmer sind!"

Binny machte schnell, daß er fortkam.

*

Lyne saß erregt in seinem Stuhl und sprach mit sich selbst. Er faltete die Hände auf dem Tisch, dann trommelte er nervös mit den Fingern auf der Platte. Als es nach einiger Zeit acht schlug, drehte er den Lautsprecher an.

„Bevor ich über das Bankwesen in England spreche, möchte ich erst noch ein paar Worte über die historische Entwicklung der Banken in früheren Zeiten sagen . . ."

Hervey Lyne richtete sich auf und lauschte gespannt. Sein Gehör war, wie er gesagt hatte, noch außerordentlich gut.

9

Dick Allenby sagte niemals, daß er verlobt sei, und auch an Mary Lanes Hand war kein Verlobungsring zu sehen. Er erwähnte dies beiläufig, als er zwischen den beiden letzten Akten in ihrer Garderobe saß. Sie sprachen miteinander durch einen Wandschirm, hinter dem sie sich umkleidete.

„Ich werde noch einen schlechten Ruf bekommen", meinte er. „Nichts schädigt das Ansehen eines Erfinders mehr, als wenn ihn der Portier am Bühneneingang eines Theaters genau kennt. Er läßt mich jetzt schon ohne Frage durch und nickt nur freundlich, wenn ich auftauche."

„Dann solltest du eben nicht so oft kommen!"

„Ich will nicht gerade sagen, daß es eine Sache auf Leben und Tod mit uns beiden ist, aber du bist mir doch wichtiger und teurer als irgend etwas auf der Welt."

„Einschließlich deiner letzten Erfindung?"

„Ach, du meinst die Luftpistole?" fragte er verächtlich. „Übrigens hat ein deutscher Ingenieur mir heute im Namen seiner Essener Firma zehntausend Pfund für das Patent geboten." –

„Was hatte denn der gute Mann?" fragte sie belustigt.

„Ja, ich war auch verwundert." Dick steckte sich verbotenerweise eine Zigarette an. „Du mußt aber nicht denken, daß der Mensch irgendwie betrunken oder nicht bei Verstand war. Er ist ein sehr tüchtiger Mann, der weiß, was er will. Er sagte, daß er mich für einen der größten Erfinder unserer Zeit hielte."

„Das bist du auch, Liebling."

„Das weiß ich", erklärte Dick befriedigt. „Aber es klang so nett, als mir der Deutsche das sagte. In allem Ernst, Mary, ich hatte keine Ahnung, daß meine Erfindung soviel wert ist."

„Wirst du das Patent verkaufen?"

Er zögerte.

„Ich bin noch nicht ganz sicher. Aber die Aussicht, soviel Geld auf einmal zu verdienen, hat mich auf die Idee gebracht, daß wir beide uns doch verloben und heiraten könnten."

Mary nahm die Puderquaste.

„Ich werde noch eine sehr erfolgreiche Schauspielerin werden."

„Du bist es schon. Du hast es fertiggebracht, daß dir ein großes Genie einen Heiratsantrag macht."

„Weißt du, wovor ich mich fürchte?"

„Ich wüßte nicht, wovor du dich fürchten solltest, wenn es nicht die Hochzeit ist."

„In der letzten Zeit ist mir öfters der Gedanke gekommen", entgegnete sie ernst, „daß dein Onkel mir all sein Geld hinterlassen könnte."

Er lachte leise.

„Deshalb lasse ich mir keine grauen Haare wachsen. Aber warum kommst du gerade jetzt darauf?"

Sie war mit ihrer Garderobe fertig und schob den Wandschirm beiseite.

„Einmal hat er so etwas Ähnliches gesagt", entgegnete sie nachdenklich und biß sich auf die Unterlippe. „Und als ich das letzte Mal bei ihm war, hatte ich den Eindruck, daß er dich ungeheuer haßt. Schon allein um dich zu ärgern, wird er mir sein Vermögen hinterlassen, und das wäre entsetzlich."

Er starrte sie verwundert an.

„Aber um Himmels willen, warum denn?"

„Dann wäre ich gezwungen, dich zu heiraten."

„Du meinst, nur um dem Alten ein Schnippchen zu schlagen?"

Sie schüttelte den Kopf.

„Nein. Aber es wäre schrecklich."

„Ich glaube, du machst dir unnötige Sorgen. Der Alte wird wahrscheinlich sein Geld eher einem Hundeheim als mir oder dir vermachen. Hast du ihn in letzter Zeit öfters gesehen?"

Sie erzählte ihm von ihrem letzten Besuch, aber das wußte er schon alles.

Während sie sich noch unterhielten, klopfte es an die Tür. Mary erhob sich schon halb, weil sie dachte, ihr Auftritt wäre gekommen. Als aber noch einmal geklopft wurde, rief sie: „Herein!"

Leo Moran erschien in der Tür. Er warf Dick einen verschmitzten Blick zu.

„Sie hätten sich lieber meine Rede im Radio anhören sollen, als Ihre Zeit im Theater zuzubringen", sagte er.

„Haben Sie schon wieder einen Vortrag gehalten?" fragte Dick lächelnd. „Muß man sich so elegant anziehen, wenn man vor dem Mikrophon steht?"

„Ich gehe zu einem Souper."

Es klopfte wieder, und sie hörten die helle Stimme des Pagen, der Miss Lane zur Bühne rief. Mary eilte hinaus. Sie war froh, daß sie sich entfernen konnte, denn in Morans Gegenwart fühlte sie sich nie behaglich.

„Haben Sie das Stück schon gesehen?" fragte Dick.

Moran nickte.

„Ja. Es ist eine Strafe, das entsetzlichste Stück in ganz London. Ich wundere mich nur, daß der alte Mike es nicht endlich vom Spielplan absetzt. Er muß einen sehr kapitalkräftigen Hintermann haben, daß er das durchhalten kann."

„Haben Sie schon einmal von Washington Wirth gehört?"

Leo Morans Gesicht war ausdruckslos.

„Nein. Wer ist das – ein Amerikaner?"

„Jedenfalls ein ungewöhnlicher Mann. Ich habe neulich einmal nachgerechnet, daß er allein bei diesem Stück mindestens zehntausend Pfund verloren haben muß. Und ich kann nicht einsehen, warum er darauf versessen ist, es weiterzuspielen. Mary ist die einzige

Schauspielerin in der ganzen Truppe, die etwas taugt, und sie ist noch nicht einmal mit ihm befreundet."

„Washington Wirth? Der Name kommt mir doch bekannt vor." Moran sah auf die Wand. „Ich muß von ihm gehört oder in der Zeitung über ihn gelesen haben. Übrigens habe ich heute einen alten Freund von Ihnen gesehen, Surefoot Smith. Sie waren doch dabei, als der ermordete Tickler aufgefunden wurde?"

Dick nickte.

„Der Chefinspektor behandelte mich, als ob ich ein Mittäter wäre."

„Nun, da können Sie sich trösten. Mich hat er neulich behandelt, als ob ich der Mörder selbst wäre. Haben Sie ihm auch Bier zu trinken gegeben?"

Leo Moran ging zur Tür, öffnete sie, sah den Korridor entlang und schloß sie dann wieder.

„Dick, ich möchte Sie um einen Gefallen bitten."

Dick grinste.

„Nichts würde mir größeren Spaß machen, als einem Bankdirektor etwas abzuschlagen."

„Reden Sie keinen Unsinn. Es hat nichts mit Geld zu tun. Nur –"

Er hielt plötzlich inne, als ob er seine nächsten Worte sorgfältig wählen müßte.

„Es ist möglich, daß ich eine oder zwei Wochen nicht in London bin. Mein Urlaub ist fällig; und ich möchte aufs Land gehen. Würden Sie so freundlich sein, die Post aus meiner Wohnung abzuholen und aufzuheben, bis ich wiederkomme?"

„Warum lassen Sie sich denn die Post nicht nachschicken?" fragte Dick erstaunt.

Leo Moran schüttelte ungeduldig den Kopf.

„Ich bitte Sie aus einem ganz bestimmten Grund um die Gefälligkeit. Ich lasse mir überhaupt nichts nachschicken. Mein Diener hat auch Urlaub.

Würden Sie ein wenig auf die Wohnung aufpassen, wenn ich Ihnen die Schlüssel schicke?“

„Wann reisen Sie ab?“

Moran machte keine bestimmten Angaben hierüber. Er sagte, es sei noch ungewiß, ob sein Urlaub überhaupt bewilligt werde. Die Direktion mache Schwierigkeiten, obwohl er einen sehr tüchtigen Assistenten besäße, dem er die Führung seiner Bankfiliale jeden Augenblick übergeben könne.

„Ich möchte so bald als möglich abfahren, aber dieser Aufsichtsrat ist eine furchtbar schwerfällige Gesellschaft. Der läßt sich in seiner Gottähnlichkeit überhaupt nicht stören, wenn Sie von dem etwas haben wollen, müssen Sie erst dreimal vor ihm niederknien. Also, wollen Sie meine Bitte erfüllen?“

„Gewiß“, erwiderte Dick. „Sie wissen ja, wohin Sie den Schlüssel zu schicken haben. Nun möchte ich Sie aber in einer anderen Angelegenheit um Ihren Rat bitten.“

Er erzählte ihm von seiner patentierten Luftpistole und dem Angebot, das ihm der Deutsche gemacht hatte. Die Waffe selbst brauchte er nicht zu erklären, denn Moran hatte sie schon gesehen und geprüft.

„Ich würde an Ihrer Stelle eine einmalige Zahlung ablehnen. Nehmen Sie die Hälfte der Summe als Anzahlung auf eine Beteiligung. Gehen Sie bald nach Hause?“

„Ja, gleich. Mary ist zum Souper eingeladen.“

„Von Mr. Wirth?“ fragte Moran lächelnd.

„Ich dachte, Sie hätten niemals von ihm gehört?“

„Doch, inzwischen ist es mir wieder eingefallen. Er ist doch der Mann, der wegen seiner Einladungen und Feste bekannt ist. Früher habe ich das auch gemacht. Wenn Sie nach Hause gehen, komme ich mit vorbei und sehe mir Ihre Erfindung noch einmal an.“

Obgleich der Abend warm war, hatte sich Nebel gebildet, der immer dichter wurde, je mehr sie sich dem Park näherten. Als sie nach Knightsbridge kamen, lichtete er sich etwas.

„Ich wollte schon den ganzen Abend nach Hause gehen und mich nach der Luftpistole umschauen“, sagte Dick. „Im Unterbewußtsein hat mich das dauernd gequält. Es war dumm von mir, daß ich damit experimentiert und sie geladen habe, bevor ich ausging.“

Der Nebel hatte sich wieder verdichtet, und der Chauffeur konnte nur langsam am Rinnstein entlangfahren, bis sie zu Dick Allenbys Haus kamen. Der Fahrstuhl war dunkel, und selbst als Dick den Schalter andrehte, flammte das elektrische Licht nicht auf. Er ging einen Schritt weiter und trat dabei auf etwas, das unter seinen Füßen krachend zerbrach.

„Zum Teufel, was war denn das?“ fragte Moran.

Dick steckte ein Streichholz an und sah auf dem Boden die Glassplitter einer elektrischen Birne, die offensichtlich aus der Decke der Kabine herausgeschraubt worden war.

„Unser Hausmeister wird nachlässig“, meinte er.

Er drückte auf den Knopf, und der Fahrstuhl glitt nach oben. Vor seiner Wohnungstür entdeckte er zu seinem Erstaunen, daß schon ein Schlüssel im Schloß steckte, und zwar so fest, daß er ihn weder nach rechts noch nach links herumdrehen konnte.

Als er die Klinke niederdrückte, gab die Tür nach.

„Hier hat jemand Dummheiten gemacht“, sagte Dick sehr bestimmt.

Er schaltete das Licht ein und blieb wie versteinert stehen. Der Platz, an dem der Stahlkasten mit der Luftpistole gestanden hatte, war leer. Die Waffe war verschwunden, keine Spur davon zu sehen.

10

Schließlich fand Dick seine Sprache wieder.

„Verdammt ..."

Wer konnte das Modell gestohlen haben? Er war so außer Fassung, daß er im Augenblick nicht einmal ärgerlich war. Rasch ging er wieder zur Tür, betrachtete den Schlüssel, der darin steckte, und zog ihn mit einer starken Zange heraus. Das Stück war ziemlich roh gearbeitet und schlecht zurechtgefeilt; aber schließlich hatte es doch genügt, die Tür zu öffnen. Erst als der unbekannte Täter die Tür wieder schließen wollte, hatte es sich verklemmt.

Dick trat zu der Werkbank, auf der der Stahlkasten mit der Luftpistole gestanden hatte, und lachte nervös auf.

„Dieser gemeine Kerl!"

„Es ist ein schwerer Verlust für Sie, nicht wahr?" fragte Moran. Dick schüttelte den Kopf.

„Nein, das nicht. Alle Pläne und Details sind in den Händen der Firma, die das Modell hergestellt hat, und glücklicherweise habe ich die Hauptsachen vor einigen Tagen patentieren lassen. Aber ich möchte gern wissen, wer das getan hat. Wenn der Mensch nicht mit der Waffe umgehen kann und sich nicht sehr in acht nimmt, schießt er sich selbst oder einen andern über den Haufen. Vermutlich hat er doch keine Ahnung, wie man die Pistole entladen muß."

Er nahm einen Stuhl, setzte sich und lud auch Moran ein, Platz zu nehmen.

„Ich glaube, wir müssen das sofort der Polizei melden. Wenn Surefoot Smith noch im Büro ist ..."

Er schlug in seinem Notizbuch nach und wählte eine Nummer am Telefon. Nach einer längeren Auseinandersetzung mit der Zentrale im Polizeipräsidium wurde er schließlich mit dem Chefinspektor verbunden und erklärte ihm in kurzen Worten, was geschehen war.

„Ich komme sofort zu Ihnen. Vermissen Sie sonst noch etwas?“

„Nein – das Bier ist noch hier.“

Als Dick eingehängt hatte, ging er in die kleine Vorratskammer und zog eine Bierkiste heraus.

„Der verdammte Surefoot freut sich noch, daß man mir die Luftpistole gestohlen hat, der kann ja die Wissenschaft nicht leiden. Aber machen Sie nur nicht ein so verächtliches Gesicht, Moran – Surefoot ist schlau. Gewöhnlich nimmt man an, daß Biertrinken die Menschen dumm macht. Wie klug müßte Surefoot erst sein, wenn er kein Bier tränke! Sie haben ihn wohl nicht besonders gern?“

„Ich könnte nicht gerade sagen, daß ich große Zuneigung für ihn verspüre“, entgegnete Moran und sah auf die Uhr. „Sie haben wirklich Pech. War das Modell denn versichert?“

„Könnte ein Bankmann anders fragen? Nein, es ist nicht versichert. Eigentlich ist mir noch nie zum Bewußtsein gekommen, daß ich ein Erfindergenie bin, aber nach den letzten Ereignissen scheint es tatsächlich der Fall zu sein. Dieser Diebstahl könnte in einem Kriminalfilm vorkommen. Mir ist jetzt ganz klar, wie sich die Sache abgespielt hat. Der Einbrecher hat sich im Nebel hergeschlichen, und um unbemerkt zu bleiben, hat er die Birne in der Liftkabine herausgeschraubt. Der Fahrstuhl ist nämlich nur durch ein verschiebbares Gitter nach außen hin abgeschlossen. Wahrscheinlich hatte der Mann ein Auto vor der Tür geparkt, mit dem er sich nach geglückter Tat aus dem Staube machte. Am Ende sind wir ihm noch in der Nähe der Haustür begegnet!“

„Wer wußte denn überhaupt, daß Sie das Modell hier aufbewahrten?“

Dick dachte eine Weile nach.

„Mary wußte es – Jerry Dornford wußte es auch ...“ Leo Moran schüttelte den Kopf.

„Jerry hätte nicht die Energie, so etwas zu tun. Außerdem wüßte er ja gar nicht, wo er das Ding zu Geld machen ...“ Er brach plötzlich ab. „Ich sah ihn doch neulich im Snells-Club mit diesem verdammten Jules –

dieser Bursche soll doch die Hand im Spiel gehabt haben, als die französischen Mobilmachungspläne gestohlen wurden.“

Dick zögerte, griff dann nach dem Telefonbuch und suchte eine Nummer. Er wählte, die Leitung war aber besetzt. Fünf Minuten später versuchte er es noch einmal, und nun meldete sich Jerry.

„Hallo, Dornford, haben Sie meine Pistole genommen?“ fragte Dick geradezu.

„Was soll ich genommen haben?“ erwiderte Jerry, ohne die Ruhe zu verlieren und sich im geringsten verblüffen zu lassen.

„Jemand will Sie gesehen haben, als Sie heute abend mit einem großen Paket unter dem Arm aus meinem Haus gingen.“

„Ich bin nicht in Ihrem Haus gewesen, und ich werde es auch nicht mehr betreten, da Sie so ruppig zu mir waren!“

Klick!

Jerry hatte aufgelegt.

„Ich möchte wirklich wissen, ob er etwas damit zu tun hat“, meinte Dick und runzelte die Stirn. „Eigentlich traue ich es ihm nicht recht zu.“

„Könnte es nicht der deutsche Ingenieur gewesen sein?“

„Unsinn! Der hätte mir sofort einen Scheck ausgeschrieben, wenn ich gewollt hätte. Nein, der kommt überhaupt nicht in Frage. Aber wir wollen unserem guten Freund Smith nicht vorgreifen.“

„Sie wollen ihm allein die Untersuchung der Angelegenheit überlassen?“ fragte Moran und knöpfte den Mantel zu. An der Tür drehte er sich noch einmal um. „Sie halten doch Ihr Versprechen, meine Briefe abzuholen? Wenn ich abreise, schicke ich Ihnen den Schlüssel in einem Brief.“

„Wohin gehen Sie jetzt?“

„Das kann ich Ihnen leider nicht sagen.“

Dick blieb allein in seiner Werkstatt zurück und sah auf die leere Bank. Nun kam ihm endlich zum Bewußtsein, wie groß sein Verlust war.

Niemals hätte er erwartet, daß ihm jemand das Modell stehlen würde. Aber er war durchaus nicht niedergeschlagen.

Es kam ihm der Gedanke, Mary anzuläuten, er überlegte es sich aber dann anders. Es hatte keinen Zweck, ihr durch die böse Nachricht den Abend zu verderben. Besser war es, wenn er mit der Arbeit von vorn begann. Er setzte sich ans Zeichenbrett, machte einen neuen Plan, und merkwürdigerweise fiel ihm gleich eine Verbesserung des alten Modells ein.

Kurze Zeit später erschien Surefoot Smith. Er hörte Dicks Bericht, betrachtete den Schlüssel, schien sich aber mehr für die Durchschlagskraft der Luftpistole zu interessieren als für andere Dinge.

„Es ist kein außergewöhnlicher Fall“, sagte er schließlich, als Dick ihm erklärte, wie der Diebstahl geschehen sein mußte. „Im Laufe eines Jahres werden Dutzende von Modellen gestohlen.“

Er ging in dem Zimmer umher und erzählte Dick dann, was er entdeckt hatte.

„Der Mann, der die Pistole genommen hat, war größer als Sie.“ Er zeigte auf eine Werkbank in der Nähe der Tür, auf der verschiedene Dinge unordentlich durcheinanderlagen. „Dort hat er den Stahlkasten niedergesetzt, während er sich mit dem Schloß an der Tür zu schaffen machte. Sie sehen, daß die Bank bedeutend höher ist als diese hier. Er trug Handschuhe, denn er mußte diesen Zylinder anfassen, und es sind keine Fingerabdrücke darauf. Wer war denn in der letzten Zeit bei Ihnen?“

Dick sagte es ihm.

„So, Mr. Dornford? Aber ich glaube, der kommt nicht in Betracht, weil er nicht den nötigen Mut dazu hat. Früher kam ich einmal mit ihm in Konflikt, weil er einen kleinen Spielklub im Westen aufgemacht hatte. Ich könnte ihn ja aufsuchen, aber ich glaube nicht, daß viel dabei herauskommt. Und ich halte es auch kaum der Mühe wert, ihn beobachten zu lassen. Wollen Sie die Sache durch die Presse bekanntgeben? Sicher würden die Zeitungsleute die Geschichte gern aufgreifen und in großer Aufmachung herausbringen."

„Nein, so verrückt bin ich nicht."

„Gut, das ist klug von Ihnen."

„Bedenken Sie aber, daß die Waffe geladen war!"

Smith schien das wenig zu kümmern.

„Wenn jemand erschossen wird, erfahren wir es bald und können auch den Täter fassen. Daraus ergibt sich dann wahrscheinlich auch eine Aufklärung des Diebstahls."

Der Chefinspektor interessierte sich anschließend mehr für die Ermordung Ticklers als für den Diebstahl. „Die ganze Sache ist mir ein Rätsel. Diesen sonderbaren Mord kann ich nicht verstehen. Daß Leute im Auto erschossen werden, kennt man bis jetzt nur in Amerika, und es wäre schlimm, wenn diese Unsitte auch auf England übergriffe."

Smith verabschiedete sich wieder von Dick. Er hatte Scotland Yard nur ungern verlassen, denn John Kelly, der Chef des Geheimdienstes der Chikagoer Polizei, war zur Zeit in London. Dieser bedeutende Detektiv hatte den jüngeren Beamten gerade einen Vortrag über seine Erfahrungen mit Alkoholschmugglern gehalten, als Smith abgerufen wurde. Anschließend hätte Surefoot mit dem Amerikaner gern über die Ermordung Ticklers gesprochen. Da er nun in der nebligen Nacht sowieso unterwegs sein mußte, entschloß er sich, noch den Polizisten zu verhören, der Tickler kurz vor dessen Ermordung gesehen hatte. Bevor er von Scotland Yard fortgegangen war, hatte er angeordnet, den Beamten in die Polizeistation Marylebone Road zu bringen. Als er dort ankam, fand er ihn auch vor. Der Mann war in Zivil und glücklich, daß er mit einem so hohen Beamten sprechen durfte.

Smith ließ sich von ihm erzählen, wie Tickler auf der Haupttreppe saß und auf den Lärm lauschte, den der Betrunkene oben in der Wohnung machte.

„Es ist merkwürdig, daß ich das zuerst in meinem Bericht vergessen hatte. Aber als ich mich heute morgen rasierte, dachte ich –“

„Das ist nicht merkwürdig, sondern einfach eine Katastrophe. Wenn Sie ein Karnickel in Polizeiuniform gewesen wären, hätten Sie sofort daran gedacht, diese Tatsache Ihrem Vorgesetzten zu melden. Ein armes, harmloses Karnickel mit langen Ohren wäre gleich zu seinem Sergeanten gegangen und hätte gesagt: „So und so. Dies und das.“ Und wenn schon ein dummes Karnickel das tun kann, warum haben Sie es dann nicht getan? Erzählen Sie mir nur nicht noch einmal, daß Sie angefangen haben zu denken. Ich dispensiere Sie nicht vom Dienst, weil das einer anderen Abteilung zusteht, in der ich nichts zu sagen habe. Früher war ich auch einmal bei der uniformierten Abteilung, aber damals hatten die Polizisten wenigstens noch Grütze im Kopf.“

11

Der Polizist war sprachlos vor Schrecken; er brachte den Chefinspektor nach Baynes Mews und zeigte ihm die Stelle, wo er mit Tickler gesprochen hatte. Surefoot drückte die Klinke der Haustür nieder, fand sie aber verschlossen. Er nahm einen Bund Dietriche aus seiner Tasche und versuchte damit die Tür zu öffnen. nach mehrmaligem Probieren schnappte das Schloß zurück. Zuerst leuchtete er mit der Taschenlampe die staubige Treppe hinauf und stieg dann nach oben. Auf dem Treppenabsatz sperrte ein Lattenverschlag die Wohnung ab. Auch diesen öffnete Smith mit einem Dietrich.

Ohne Durchsuchungsbefehl hatte er nicht das Recht, irgendein englisches Haus zu betreten, aber Surefoot kam es auf einen Rechtsbruch mehr oder weniger nicht an, wenn es sich um die Verfolgung eines Verbrechens oder manchmal auch nur um die Befriedigung seiner persönlichen Neugier handelte.

Endlich stand er oben in einem großen Raum, der außer einem eingebauten Kleiderschrank, einem Stuhl, einem Tisch, einem

Ankleidespiegel und einem Waschtisch keine Möbelstücke enthielt. Ein viereckiger Teppich lag auf dem Boden, und an der Wand hing ein alter Öldruck, der die Hochzeit der Königin Viktoria darstellte. Er war billig eingerahmt und hing schief. Mr. Smith, der ein sehr ordentlicher Mann war, versuchte, das Bild geradezuhängen, und dabei stieß er gegen den Stuhl, und ein weißer Glacéhandschuh fiel zu Boden. Smith nahm ihn auf und legte ihn auf den Tisch. Der weiße Handschuh hatte drei schwarze Streifen auf der Außenseite, und es steckte ein großer altmodischer Hausschlüssel darin.

Bemerkenswert war vor allem die Farbe des Fundes. Der Schlüssel war silbern angestrichen. Surefoot sah das unförmige Ding nachdenklich an. Ein Amateur hatte es bronziert, das sah er an der ungleich aufgetragenen Farbe. Am äußersten Ende war die Bronzierung wieder abgegangen, und das Eisen schimmerte durch. Der Schlüssel war viel benutzt worden.

Smith hielt ihn nahe an das elektrische Licht, konnte aber nichts Besonderes daran erkennen. Er verwahrte den Fund in der Tasche und setzte seine Nachforschungen fort. Die Tür zu dem Schrank war ein Teil der Holzverkleidung des Zimmers. Es fand sich kein Knopf und kein Handgriff daran, und das Schlüsselloch war so versteckt angebracht, daß man es erst suchen mußte. Selbst Surefoot, der in solchen Dingen Bescheid wußte, brauchte einige Zeit, bis er es fand.

Zuerst hielt er es für ein Yaleschloß, aber als er es dann mit seinem Taschenmesser untersuchte, stellte sich heraus, daß es ein ganz einfaches Schloß war. Im Schrank fand er einen Frack, einen Zylinder und einen Frackmantel. Auf dem Regal lagen Taschentücher, Wäschestücke, Socken, Krawatten und dergleichen mehr. Er durchsuchte die Taschen des Anzugs, konnte aber nichts finden, was auf die Persönlichkeit des Eigentümers schließen ließ. Ebensowenig entdeckte er ein Firmenschild auf der Innenseite des Rocks.

Sein weiteres Suchen förderte noch eine große Flasche teures Parfüm, ein Monokel an breitem, schwarzem Seidenband und einen verschlossenen Kasten zutage, aus dem er drei ausgezeichnet hergestellte

Perücken nahm. Eine war in Silberpapier eingewickelt. Entweder war sie noch ganz neu oder eben erst aufgebessert worden.

Sorgfältig legte Smith die Gegenstände mit Ausnahme des Schlüssels und des Handschuhs wieder an ihren Platz zurück. Es war nicht gesagt, daß dies der Schlupfwinkel eines Verbrechers sein mußte. Wahrscheinlich fand alles eine harmlose Erklärung. Vielleicht gehörten die Sachen einem Schauspieler. Die Tatsache, daß Tickler auf den Treppenstufen saß und dem Gesang des Betrunkenen zuhörte, bedeutete zunächst nichts und würde vor Gericht auch keinen großen Eindruck machen.

12

Mary Lane atmete auf, als sie sich verabschieden konnte.

Sie wohnte in einem großen Häuserblock in der Marylebone Road und verfügte über drei kleine Zimmer und eine noch kleinere Küche. Aber hier fühlte sie sich zu Hause und unabhängig. Nur selten empfing sie Gäste und kaum Herrenbesuch, und auf keinen Fall lud sie für spät abends Besuch ein. Daher war sie etwas bestürzt, als ihr der Portier durch das Telefon sagte, daß eben ein Herr zu ihrer Wohnung hinaufgefahren wäre.

„Nein, ich habe ihn noch nicht gesehen“, erklärte der Mann auf ihre Frage. „Mr. Allenby war es nicht, aber er sagte, er kenne Sie.“

Zu ihrem Erstaunen klingelte gleich darauf Leo Moran an ihrer Tür.

„Es ist unverzeihlich von mir, daß ich Sie so spät noch störe, Miss Lane, aber es handelt sich für mich um eine äußerst wichtige und dringende Angelegenheit. Ich hoffe, Sie sind mir nicht böse. Ihr Mädchen schläft schon?“

Mary lächelte.

„Ich habe kein Mädchen.“

Die Situation war etwas unangenehm. Sie konnte ihn kaum in die Wohnung bitten, und noch weniger passend fand sie es, den Portier heraufzurufen. Schließlich ließ sie ihn eintreten, machte aber die Wohnungstür nicht zu.

Moran war nervös. Seine Stimme klang heiser, als er sprach, und die Hand, mit der er ein großes Kuvert aus der Tasche zog, zitterte.

„Ich hätte Sie nicht belästigt, wenn ich nicht bei meiner Rückkehr nach Hause einen sehr beunruhigenden Brief von meinem Vertreter vorgefunden hätte."

Mary kannte Moran zwar, hatte ihn aber niemals als einen Freund betrachtet. Im Gegenteil, sie fühlte sich stets unangenehm berührt, wenn er uneingeladen in ihre Theatergarderobe trat. Da sie aber ihre Rente von dem alten Hervey Lyne bekam, war es selbstverständlich, daß Leo Moran als dessen Bankier ihr das Geld übergab.

„Ich will Ihnen gegenüber ganz offen sein, Miss Lane", sagte er schnell und aufgeregt. „Es ist eine rein persönliche Angelegenheit, für die ich verantwortlich bin. Der einzige, der mich aus dieser peinlichen Lage befreien könnte, wäre Ihr Vormund, Mr. Hervey Lyne. Aber ich möchte im Augenblick nicht an ihn herantreten."

Sie war aufs höchste erstaunt. Bisher hatte sie Mr. Moran nur als einen sehr ruhigen, beherrschten Mann gekannt, den nichts aus der Fassung bringen konnte. Nun stand er plötzlich vollständig unsicher vor ihr und stotterte wie ein Schuljunge.

„Wenn ich Ihnen helfen kann, will ich es gern tun", erwiderte sie und wartete gespannt auf das, was er ihr zu sagen hatte.

„Es handelt sich um einige Aktien, die ich für einen Bankkunden kaufte. Mr. Lyne unterzeichnete die Überweisung und die Ankaufsdokumente, aber der Käufer hat entdeckt, daß Sie auch noch Ihre Unterschrift geben müssen. Die Aktien machen nämlich einen Teil des Vermögens aus, das Mr. Lyne als Vormund für Sie verwaltet. Ich möchte noch hinzufügen", erklärte er hastig, „daß der Preis, um den das Aktienpaket verkauft wurde, nahezu dem Einkaufspreis entspricht."

„Ach, Sie wollen nur meine Unterschrift? Ich dachte, es wäre etwas viel Wichtigeres“, entgegnete sie erleichtert.

Er legte die Urkunde auf den Tisch, und sie sah, daß es sich so verhielt, wie er gesagt hatte. Sie hatte derartige Dokumente schon öfters in der Hand gehabt. Er zeigte mit dem Finger auf die Stelle, wo sie unterschreiben mußte. Dicht darüber stand die Unterschrift des alten Lyne.

„So, das wäre erledigt.“

Er atmete auf.

„Sie werden mich für einen sehr ungezogenen Menschen halten, weil ich Sie zu dieser späten Stunde gestört habe. Aber ich kann Ihnen nicht sagen, wie dankbar ich Ihnen bin, daß Sie mich noch empfangen haben. Ich habe nämlich Geld ausgezahlt und Werte aus der Hand gegeben, ohne die nötige Vollmacht zu besitzen. In dem Fall bin ich persönlich für die Summe haftbar. Wenn der alte Lyne zum Beispiel morgen sterben sollte, würde die Übertragung der Aktien einfach wertlos sein.“

Sie sah ihn merkwürdig an. „Aber der alte Lyne wird doch wahrscheinlich nicht morgen sterben?“

Er schüttelte den Kopf.

„Ich weiß es nicht. Er ist ein alter Mann, und es ist vieles möglich.“

Plötzlich reichte er ihr die Hand.

„Gute Nacht – und nochmals herzlichen Dank.“

Sie schloß die Tür hinter ihm, ging in ihre kleine Küche und kochte sich eine Tasse Schokolade. Immer noch etwas verwirrt setzte sie sich auf den Küchentisch; während sie trank, überlegte sie sich, was dieser mitternächtliche Besuch eigentlich bedeutete. Bei der Aufregung und Hast, die Moran gezeigt hatte, hätte man denken können, der alte Mann läge in den letzten Zügen. Aber Lyne war vollkommen frisch und munter gewesen, als Mary ihn das letzte Mal gesehen hatte.

*

Am nächsten Morgen rief Dick Allenby an und erzählte ihr von seinem Verlust. Sie konnte es zuerst nicht glauben und dachte, daß er einen Scherz mache. Erst als er von der Untersuchung des Chefinspektors Smith berichtete, kam ihr die volle Wahrheit zum Bewußtsein.

„Aber das ist ja schrecklich!“

„Surefoot hielt es für einen Akt der Vorsehung. Moran hat sich nicht darüber geäußert.“

„War er denn bei dir?“ fragte sie schnell.

„Ja. Warum fragst du?“

Sie zögerte. Moran hatte offenbar gewünscht, daß sein Besuch bei ihr als eine Privatangelegenheit aufgefaßt werden sollte, und sie wollte ihn nicht verraten.

„Ach, nur so“, erwiderte sie. „Komm doch bitte zu mir und erzähle mir alles.“

Eine halbe Stunde später war er bei ihr, und sie wunderte sich, daß die Sache so wenig Eindruck auf ihn gemacht hatte und daß er in so guter Stimmung war.

„Es ist wirklich nicht so wichtig, wie es vielleicht aussieht. Wenn die Luftpistole gestohlen worden sein sollte, um mir das Patent zu entwenden, so wird der eventuelle Käufer schlau genug sein, sich zuerst bei den verschiedenen Patentämtern zu vergewissern, ob die Sache nicht bereits angemeldet ist. Und gerade heute morgen habe ich aus Deutschland die Mitteilung bekommen, daß meine Erfindung auch drüben eingetragen worden ist.“

Er wurde durch ein Klopfen an der äußeren Tür unterbrochen und öffnete einem zweiten Besucher. Mike Hennessey hatte bereits telefonisch um Erlaubnis gebeten, Mary schon so frühzeitig besuchen zu dürfen.

Mike wurde etwas verlegen, als er Dick Allenby vorfand. Er war im allgemeinen ein gutmütiger Charakter und großzügig, von Natur aus etwas träge und langsam in seinen Bewegungen. Besonders gesund sah er nie aus, aber an diesem Morgen war er auffallend blaß. Mary machte auch eine Bemerkung darüber.

Mike schüttelte den Kopf.

„Nein, krank bin ich nicht, ich habe nur schlecht geschlafen. Bitte, gehen Sie nicht, Mr. Allenby. Ich habe nichts Besonderes mit Miss Lane zu besprechen. Ich wollte nur wegen unserer Theateraufführung mit ihr reden. Das Stück muß abgesetzt werden."

„Gott sei Dank!" rief Mary befriedigt. „Das ist die beste Nachricht, die ich seit Monaten gehört habe."

„Für mich ist es aber ein schwerer Schlag", entgegnete Mike bedrückt.

„Hat Mr. Wirth denn seine Unterstützung zurückgezogen?"

Mit dieser Frage kam sie der Wahrheit näher, als sie ahnte. Mr. Wirths wöchentlicher Scheck, der eigentlich am vergangenen Tag hätte kommen sollen, war ausgeblieben, und Mike nahm es nicht auf sich, unter diesen Umständen weiterzuspielen.

„Heute abend steht es schon in der Zeitung, daß wir am Sonnabend Schluß machen. Ich habe obendrein noch Glück, daß ich das Theater weiterverpachten konnte. Ich wünschte nur, ich hätte mehr dabei herausgeschlagen. Vorige Woche habe ich ein besseres Angebot leider abgelehnt."

Mike war noch viel nervöser und aufgeregter als Moran am Abend vorher. Er konnte die Hände nicht ruhig halten und nicht stillsitzen.

„Wer ist eigentlich dieser Mr. Wirth, und was macht er?" fragte Dick.

„Das weiß ich nicht. Er hat irgendein Geschäft in Coventry", entgegnete Mike. „Ich überlege schon, ob ich nicht heute zu ihm fahren soll, um mit ihm zu sprechen. Aber das Wichtigste an der Sache ist folgendes. Morgen abend muß ich die Gagen zahlen, und ich habe nicht genug Geld auf der Bank. Vielleicht kommt der Scheck heute noch, dann ist alles in Ordnung. Nun ist Ihre Gage die größte, Mary. Würden Sie mir eine Woche

Zahlungsaufschub geben, wenn ich das Geld von Mr. Wirth nicht bekomme?“

Sie war unangenehm überrascht. Bei der Aufführung anderer Stücke war die Zahlungsfähigkeit Mikes stets eine zweifelhafte Sache gewesen, aber bei dem Drama „Klippen des Schicksals“ hatte er sich um die finanzielle Seite nicht zu kümmern brauchen. Was auch immer passieren mochte, das Geld für die Gagen war vorhanden gewesen.

„Natürlich stunde ich Ihnen die Bezahlung“, sagte sie. „Aber Mr. Wirth ist doch nicht etwa –“

„Sie meinen bankrott? Nein, das glaube ich nicht. Aber er ist ein merkwürdiger Mann“, meinte Mike unbestimmt.

Er sagte nichts weiter über diesen Punkt und war anscheinend zufrieden, daß er keine näheren Auskünfte zu geben brauchte. Etwas abrupt verabschiedete er sich.

„Der ist allerdings sehr stark im Druck“, sagte Dick. „Ich glaube, daß nicht allein der ausgebliebene Scheck von Mr. Wirth daran schuld ist. Es muß noch etwas anderes mitspielen.“

Er erhob sich.

„Komm doch mit zum Mittagessen“, lud er sie ein. Aber sie schüttelte den Kopf, sie wollte zu Hause bleiben.

Dick ging zum Scotland Yard und mußte eine halbe Stunde warten, bevor Surefoot Smith zurückkehrte. Der Chefinspektor konnte ihm nicht viel Neues erzählen. Eine Beschreibung des gestohlenen Modells war veröffentlicht worden.

„Aber das wird Ihnen nicht viel helfen“, meinte Smith. „Ich glaube nicht, daß der Dieb die Pistole in irgendein Pfandhaus trägt oder auf dem Markt verkauft. Kennen Sie eigentlich einen Mr. Washington Wirth?“ fragte er plötzlich.

„Ich habe von ihm gehört.“

„Haben Sie ihn jemals getroffen? Er ist ein Mann, der gern große Gesellschaften gibt.“

Dick lächelte.

„Mich hat er noch nie eingeladen. Aber ich weiß, daß das seine Marotte ist.“

Surefoot nickte.

„Ich komme gerade aus dem Kellner-Hotel. Die Leute dort wissen auch nichts Genaues über ihn. Er hat immer bar bezahlt. Seit drei Jahren gibt er seine Einladungen im Hotel. Er mietet dazu eine Reihe von Gesellschaftsräumen, überläßt aber die Zusammenstellung des Menüs und das Engagement der Kapelle dem Oberkellner. Weiter konnte ich nichts erfahren.“

„Interessieren Sie sich für ihn?“ fragte Dick und erzählte Smith dann, wie aufgeregt Mike Hennessey gewesen war.

Surefoot hörte gespannt zu.

„Hat er eigentlich eine Bank? Nun, er kann ja einer von diesen Geschäftsleuten aus Mittelengland sein. Ich habe nie verstanden, warum sich diese Getreide- und Kohlenhändler immer so sehr für das Theater interessieren. Das ist auch so eine Verrücktheit, die sich nach dem Krieg unheimlich verbreitet hat.“

„Mike kann Ihnen jedenfalls viel von ihm erzählen“, erwiderte Allenby.

Mr. Smith zog die Lippen zusammen.

„Ach, Mike erzählt uns nichts Vernünftiges“, sagte er sarkastisch. „Der scheut sich, Ihnen zu sagen, daß er nur vier Finger an der rechten Hand hat, weil er fürchtet, man könnte das irgendwie gegen ihn ausnützen. Ich kenne Mike zu gut!“

„Auf jeden Fall weiß er etwas von Wirth, denn der Mann hat sein letztes Stück finanziert.“

Da Dick niemand fand, mit dem er essen konnte, entschloß er sich, in den Snells-Club zu gehen, wo man sehr gut bedient wurde. Nur zwei

Mitglieder waren ihm unsympathisch, und ausgerechnet die beiden ersten, die er sah, waren Jerry Dornford und Jules, die an einem der Fenster saßen. Jules grüßte durch ein Kopfnicken, während Jerry starr nach der anderen Seite blickte, als Dick vorüberging.

Die beiden waren auch eben erst gekommen und hatten gerade Platz genommen, als Allenby in den Saal trat. Jules hatte bis jetzt das Thema vermieden, das Jerry vor allem mit ihm besprechen wollte. Er machte Bemerkungen über die Leute und die Autos auf der Straße, erzählte von der Militärkonferenz, die zur Zeit in London tagte, und von der Gesellschaft, zu der er am vergangenen Abend eingeladen war.

„Und wie steht es mit der Luftpistole?“ fragte Jerry schließlich.

„Luftpistole?“ Jules sah ihn zuerst verständnislos an, dann lehnte er sich zurück und lachte. „Ach, das ist aber gut, daß wir uns heute treffen! Ich wollte Sie sowieso deswegen sprechen. Den kleinen Plan, den ich ausgeheckt hatte, müssen wir nämlich fallenlassen.“

„Wie meinen Sie das?“ fragte Jerry aufgeregt. Sein Gesicht verlor die Farbe.

„Ich meine, daß meine Auftraggeber, oder vielmehr die Vorgesetzten meiner Auftraggeber, entschieden haben, in der Sache nicht weiterzugehen. Sie haben nämlich herausgebracht, daß alle wichtigen Details der Pistole durch Patente geschützt sind, besonders in den Ländern, wo die Erfindung am aussichtsreichsten zu verwerten wäre.“

Jerry starrte ihn fassungslos an.

„Meinen Sie damit, daß sie das Modell nicht mehr haben wollen?“

Jules nickte.

„Es ist tatsächlich nicht notwendig, daß Sie sich irgendwelchen unnötigen Gefahren aussetzen. Wir wollen einmal darüber sprechen, wie wir das Geld, das Sie brauchen, auf andere Weise beschaffen können –“

„Verdammt noch einmal, was fällt Ihnen ein!“ sagte Jerry wild. „Ich habe doch die Pistole schon gestern abend aus der Werkstatt geholt!“

Jules strich sich über das glatte Kinn und sah seinen Begleiter nachdenklich an.

„Das ist allerdings sehr unangenehm. Sie haben tatsächlich das Modell schon an sich genommen? Nun, zurückbringen können Sie es allerdings nicht. Ich kann Ihnen nur den einen guten Rat geben, von London wegzufahren und es irgendwo in einen tiefen Sumpf zu werfen. Noch besser in die Themse zwischen Temple Lock und Hambleden."

„Wollen Sie damit wirklich sagen, daß ich das Risiko ganz umsonst auf mich genommen habe?" fragte Jerry heiser.

Jules zuckte die Schultern.

„Es tut mir furchtbar leid – meine Auftraggeber –"

„Ihre verdammten Auftraggeber! Sie haben mir ganz bestimmt versprochen, mir ein paar tausend Pfund zu beschaffen, wenn ich Ihnen das Ding besorgen würde!"

Jules lächelte.

„Und nun, mein lieber Junge, versichere ich Ihnen in aller Form, daß ich keine tausend Shilling für die Pistole bekommen kann. Es ist natürlich ein großes Pech für Sie. Hätten Sie mir das Ding damals gleich besorgt, als ich mit Ihnen zuerst davon sprach, dann wäre die Sache längst in Ordnung und bezahlt. Jetzt ist es zu spät." Er beugte sich vor und klopfte Jerry freundlich auf den Arm. „Es hat keinen Zweck, daß Sie deshalb den Kopf hängen lassen oder wütend werden. Wir wollen überlegen, wie wir das Geld auf andere Weise beschaffen können."

Jerry Dornford war völlig niedergeschlagen. Er kannte Hervey Lyne zur Genüge. Der Alte hätte die zweitausend Pfund genommen, wenn er sie ihm gebracht hätte, und ihm für den Rest Aufschub gegeben. Hervey Lyne hatte noch nie bares Geld ausgeschlagen. Am liebsten hätte Jerry diesen verdammten Jules, der ihn so unverschämt anlächelte, am Kragen gepackt und aus dem Fenster geworfen. Aber er vergaß nicht, daß er ein Gentleman war, und da man von einem solchen verlangt, daß er sich in der Hand hat und sich nie zu Tätlichkeiten hinreißen läßt, verhielt er sich ruhig.

„Nun, dann läßt sich nichts daran ändern", sagte er schließlich. „Bestellen Sie mir etwas zu trinken."

Jules spielte mit den Fingern auf der Tischplatte.

„Unser Freund Allenby sitzt am dritten Tisch rechts – wäre es nicht ein vorzüglicher Witz, wenn Sie zu ihm gingen und ihm sagten: „Ich habe Ihnen einen kleinen Streich gespielt und Ihre Pistole stibitzt?""

„Hören Sie mit dem Unsinn auf", unterbrach ihn Jerry grob. „Er hat mich gestern abend angerufen und mich gefragt, ob ich sein Modell hätte. Außerdem hat er die Sache der Polizei angezeigt. Heute morgen war Chefinspektor Smith schon bei mir."

„So? Das ist allerdings schade. Hier kommt Ihr Whisky."

Die beiden saßen noch lange beisammen und beobachteten auch, daß Allenby den Klub verließ und auf die andere Seite der St. James Street hinüberging.

Dick hatte sich kaum entfernt, als er am Telefon verlangt wurde. Mary Lane wollte ihn sprechen, denn sie brauchte dringend seinen Rat. Sie rief seine Wohnung an, aber dorthin war er noch nicht zurückgekehrt. Ebenso erfolglos versuchte sie es bei einem Klub, in dem er sich manchmal nachmittags aufhielt.

Sie hatte zu Hause gegessen und gerade die kleinen Schecks, mit denen sie die Lebensmittelhändler bezahlte, ausgeschrieben, als die merkwürdige Nachricht kam. Ein kleiner schmutziger Junge brachte ihr den Brief.

„Ein alter Herr hat mir gesagt, ich soll Ihnen das bringen", meldete er im Londoner Jargon.

„Ein alter Herr?"

Sie sah auf die Adresse und erkannte Hervey Lynes Handschrift.

Der kleine Bote erzählte ihr auf ihre Frage, daß er ein Paket in Nr. 19 abgegeben habe. Als er zurückkam, sah er den alten Herrn, der, auf einen Stock gestützt, in der Haustür stand, einen Schlafrock trug und den Brief in der Hand hielt. Der Alte hatte den Jungen zu sich gerufen, ihm ein Zweieinhalbshillingstück gegeben (das mußte ihm beinahe das Herz gebrochen haben) und ihn beauftragt, den Brief sofort an die Adresse zu bringen.

Sie riß den Umschlag auf. Die Mitteilung war mit Bleistift auf die Rückseite eines Bogens geschrieben, der mit Schreibmaschinenzeilen bedeckt war.

Bringe Moran heute nachmittag um drei Uhr bestimmt in mein Haus. Vor zwei Tagen habe ich mit ihm gesprochen, aber ich bin durch seine Erklärungen nicht befriedigt. Nimm einen Polizeibeamten mit.

(Hier war über die Zeile ein Wort gekritzelt, das sie als Smith entzifferte.)

Sage aber weder Moran noch sonst jemand etwas von dem Polizeibeamten. Die Sache ist sehr dringend.

H. L.

Der Junge konnte ihr keine weiteren Angaben machen. Sie konnte auch ihren Vormund nicht anrufen, da er in seinem Haus kein Telefon duldete. Sie sah auf die Uhr. Es war kurz nach zwei. Dann bemühte sie sich vergeblich, Dick anzurufen.

Surefoot Smith kannte sie kaum gut genug, um sich persönlich an ihn wenden zu können, und außerdem hatte sie, wie viele Frauen, eine Abneigung, direkt mit der Polizei zu verhandeln. Sie rief schließlich Morans Bank an und erfuhr, daß er heute nicht im Büro erschienen sei. Dann klingelte sie in seinem Klub und in seiner Privatwohnung an, hatte aber ebensowenig Erfolg. Moran hatte seine Wohnung am Morgen verlassen und gesagt, daß er in den nächsten zwei bis drei Wochen nicht zurückkehren werde, da er seinen Urlaub angetreten habe. Merkwürdigerweise hatte man ihr in der Bank davon nichts gesagt.

Verwirrt saß sie am Fenster und überlegte, was sie noch unternehmen konnte, als plötzlich zu ihrer Freude das Telefon läutete. Dick meldete sich. Er war in den Klub zurückgekehrt, um einige Briefe abzuholen, die er vergessen hatte, und man hatte ihm von ihrem Anruf berichtet.

„Das ist aber merkwürdig“, meinte er, als er von Lynes Mitteilung hörte. „Ich werde versuchen, mit Smith in Verbindung zu kommen. Am besten erwartest du mich vor der Untergrundstation in der Baker Street, sagen wir, in einer Viertelstunde.“

Mary mußte zehn Minuten an der verabredeten Stelle warten. Kurz vor drei kamen Dick und Smith in einem Auto an, und sie stieg zu ihnen ein. Dick nannte dem Chauffeur das Ziel, und der Wagen fuhr weiter.

„Das klingt alles so geheimnisvoll“, meinte Dick. „Zeig mir doch mal den Brief.“ Sie reichte ihm das Schreiben. Er betrachtete es genau und drehte dann das Blatt um.

„Hallo, das ist eine Bankabrechnung“, sagte er. „Donnerwetter, was für hohe Zahlen!“

Mary hatte sich nicht um die Schreibmaschinenzeilen auf der Rückseite gekümmert.

„Über zweihunderttausend in bar und mehrere hunderttausend in Papieren! Was hat das nur zu bedeuten, daß er dir den Brief geschrieben hat?“

Sie schüttelte den Kopf.

Auch Smith betrachtete das Schreiben sorgfältig.

„Ist er blind?“ fragte er dann plötzlich.

„Ja, beinahe“, entgegnete Dick. „Er gibt es selbst nicht zu, aber er kann kaum noch sehen. Hast du eigentlich Moran angerufen?“

Mary schüttelte den Kopf.

„Niemand weiß, wo er ist. Er war heute nicht auf der Bank, und in seiner Wohnung ist er auch nicht.“

Surefoot reichte ihr das Blatt zurück.

„Es sieht so aus, als ob er mich zunächst nicht sehen will, wenigstens, wenn wir Moran nicht mitbringen."

Das Taxi bog in Naylors Crescent ein, und sie besprachen, daß Surefoot Smith im Wagen warten sollte, während Dick und Mary den alten Lyne aufsuchten.

Als sie aber an der Haustür klopften, erhielten sie keine Antwort. Die Häuser in Naylors Crescent standen ziemlich weit von der Straße zurück. Plötzlich öffnete sich ein Fenster im Nebengebäude, und ein Dienstmädchen schaute heraus.

„Es ist niemand zu Hause. Mr. Lyne ist vor etwa einer Stunde in seinem Rollstuhl ausgefahren worden."

„Wohin denn?" fragte Dick.

Das Mädchen konnte darüber keine Auskunft geben, aber Mary wußte Bescheid.

„Sie fahren immer zur selben Stelle in die Privatgärten des Parks. In ein paar Minuten ist man dort."

Das Taxi wurde nicht länger benötigt, und Dick zahlte den Chauffeur. Sie waren gerade im Begriff, über die Straße zu gehen, als ein großer offener Wagen an ihnen vorüberratterte. Dick konnte einen kurzen Augenblick lang den Mann am Steuer sehen. Es war Jerry Dornford. Der Wagen machte viel Geräusch und mußte schon ziemlich alt sein.

„Wenn die Polizisten aufpaßten, müßten sie Jerry wegen unnötigen Lärmens aufschreiben", sagte Smith.

Kurze Zeit später entdeckten sie Mr. Lynes Rollstuhl. Binny saß auf einem kleinen Klappstuhl daneben, hatte eine Zeitung auf den Knien und eine Goldbrille auf der großen Nase.

Das Tor zum Park war verschlossen, und es dauerte einige Zeit, bevor Dick die Aufmerksamkeit des Butlers auf sich gelenkt hatte. Gleich darauf kam Binny, schloß auf und ließ sie in den Park.

„Ich glaube, er schläft“, meinte er, „und ich bin deshalb in einiger Verlegenheit. Wenn ich ihn jetzt heimfahre und er wacht währenddessen auf, schimpft er entsetzlich! Und um drei muß er zu Hause sein!“

Hervey Lynes Kopf war auf die Brust gesunken. Die blaue Brille saß fest; die Hände hatte er auf die Decke gelegt. Binny faltete die Zeitung zusammen, steckte sie in die Tasche und nahm seinen Stuhl.

„Wollen Sie ihn nicht lieber aufwecken?“ fragte Mary und kam einen Schritt näher.

„Mr. Lyne!“ sagte sie und wiederholte dann seinen Namen, noch lauter, aber der Alte rührte sich nicht.

Surefoot Smith, der in einiger Entfernung stehengeblieben war, kam nun zu ihr. Er ging um den Rollstuhl herum, beugte sich über den alten Mann, öffnete dessen Rock und knöpfte ihn wieder zu. Dann nahm er Mary freundlich am Arm und führte sie fort.

„Gehen Sie nach Hause“, sagte er. „Ich besuche Sie später in Ihrer Wohnung.“

Sie sah ihn an und wurde bleich.

„Ist er tot?“ fragte sie entsetzt.

Surefoot nickte und drängte sie zum Parktor.

„Er ist durch die Rücklehne erschossen worden“, sagte er, als sie außer Hörweite war. „Ich sah den Einschlag, als ich um den Rollstuhl herumkam. Sehen Sie her!“ Er öffnete den Rock des Toten.

Es war kein erfreulicher Anblick.

13

Der Krankenwagen war gekommen und wieder fortgefahren, und nun saßen vier Herren in dem Arbeitszimmer des Ermordeten: Surefoot Smith, Dick Allenby, Binny und der Polizeiinspektor des Bezirks.

Smith wandte sich an den Butler, der vollständig verstört mit aschgrauem Gesicht auf seinem Stuhl hockte.

„Erzählen Sie uns, was sich zugetragen hat."

Binny schüttelte den Kopf.

„Ich weiß es nicht . . . es ist doch entsetzlich, daß er so ums Leben kommen mußte . . ."

„Hat Mr. Lyne heute Besuch empfangen?"

Binny schüttelte den Kopf.

„Es ist niemand im Haus gewesen, soviel ich weiß."

„Wo war Mr. Lyne um ein Uhr?"

„Hier in seinem Zimmer. Er saß in dem Stuhl, in dem Sie jetzt sitzen, und schrieb etwas. Als ich näher trat, deckte er das Blatt mit der Hand zu, und ich konnte infolgedessen nicht sehen, was es war."

„Wahrscheinlich war es der Brief an Miss Lame", meinte der Detektiv. „Schrieb er öfter solche Mitteilungen?"

„Nein."

„Brachten nicht Sie seine Briefe fort?"

„Nicht immer. Der arme Mr. Lyne war sehr mißtrauisch. Er konnte nur noch schlecht sehen und hatte immer die Vorstellung, daß Leute an der Tür lauschten oder seine Briefe lasen. Er rief gewöhnlich jemand von der Straße, um die Briefe zu bestellen, die er geschrieben hatte. Aber das kam nicht häufig vor."

„Wer hat ihn in der letzten Zeit besucht?"

„Mr. Dornford war gestern abend hier, und sie hatten eine ziemlich scharfe Auseinandersetzung. Soweit ich es beurteilen kann, handelte es sich um Geld."

„Gerieten sie ernstlich aneinander?" fragte Smith.

Binny nickte.

„Mr. Lyne hat mich aufgefordert, Mr. Dornford hinauszuwerfen. Aber er war in dieser Beziehung immer etwas heftig.“

Surefoot Smith machte sich eine Notiz.

„Wer war sonst noch hier?“

Binny machte ein ernstes Gesicht.

„Vor zwei Tagen war Mr. Moran hier. Er kam, um mit Mr. Lyne über Bankangelegenheiten zu sprechen. Außerdem war Miss Lane hier. Ich glaube, das waren alle. Wir hatten im allgemeinen nur wenig Besuch.“

Smith notierte sich alles Wichtige in einer eigentümlichen Stenographie.

„Nun erzählen Sie uns mal, was heute geschah. Fuhren Sie Mr. Lyne gewöhnlich am Nachmittag aus?“

„Ja. Aber gegen Mittag sagte er, daß er nicht ausfahren wollte, weil er um drei Uhr Besuch bekäme. Um zwei änderte er aber seine Absicht wieder. Ich fuhr ihn in den Park, setzte mich neben ihn und las ihm die Verhandlungen vor dem Polizeigericht vor.“

„Hat Mr. Lyne etwas gesagt, als er im Park war?“

„Nichts Besonderes. Als wir eine Viertelstunde dort waren, sagte er, ich solle seinen Rockkragen hochklappen, weil es ihm zog. Ich las dann weiter, bis ich glaubte, er wäre eingeschlafen.“

„Haben Sie kein auffallendes Geräusch gehört?“

Binny dachte einen Augenblick nach.

„Doch. Ein Auto fuhr vorüber.“

Smith und Dick hatten bis jetzt vergessen, daß Dornford an ihnen vorbeigefahren war, und warfen sich einen bedeutungsvollen Blick zu.

„Haben Sie denn keinen Schuß gehört?“

Binny schüttelte den Kopf.

„Nein. Außer dem Auto habe ich nichts gehört.“

„Hat Mr. Lyne irgendwann gesprochen, vielleicht gestöhnt oder sich bewegt?“

„Nein.“

Surefoot stützte die Ellbogen auf den Tisch.

„Nun noch eine Frage. Wann hat Mr. Lyne zum letzten Mal mit Ihnen geredet, bevor wir ihn tot auffanden?“

Binny dachte nach.

„Es muß ungefähr zehn Minuten vorher gewesen sein. Ein Parkwächter kam vorbei und sagte guten Tag zu ihm. Als er nicht antwortete, glaubte ich, er sei eingeschlafen, und hörte auf zu lesen.“

„Nun zeigen Sie mir einmal das Haus“, bat Smith und erhob sich.

Binny ging voraus und führte die anderen zuerst in die Küche, an die ein kleines Schlafzimmer stieß.

Seine Frau befand sich auf dem Land bei Verwandten, wie er Surefoot erzählte, aber davon merkte Mr. Lyne kaum etwas, da Binny fast den ganzen Haushalt allein versah.

„Sie trinkt, wenn ich die Wahrheit sagen soll, und ich bin froh, daß sie aus dem Hause ist.“

Die Küche war nicht gerade allzu sauber. Surefoot sah etwas auf dem Fußboden, bückte sich und nahm ein dreieckiges Stückchen Glas auf, das unter dam Tisch in der Nähe des Fensters lag. Dann betrachtete er das Fenster und befühlte den Kitt.

„Ist das Fenster eingedrückt worden?“

Binny zögerte.

„Mr. Lyne wollte nicht, daß etwas darüber bekannt wurde. An einem der letzten Abende hat jemand die Scheibe eingedrückt und das Fenster geöffnet.“

„Ein Einbrecher?“

„Mr. Lyne nahm es an. Er wollte aber durchaus nicht haben, daß ich die Polizei verständigte."

Sie gingen dann in das obere Stockwerk und traten zuerst in das Zimmer, das nach vorn hinaus lag. Es befand sich in jedem Stockwerk nur ein sehr großer Raum, der durch Schiebetüren geteilt werden konnte.

Im obersten Geschoß war Lynes Schlafzimmer, aber auch dort konnten sie nichts feststellen. Der Polizeiinspektor und zwei seiner Beamten prüften oberflächlich die Papiere und die Sachen des Verstorbenen. Surefoot hatte die Schlüssel aus der Tasche des Toten genommen. Er selbst hatte vorher schon alles durchgesehen, besonders den Geldschrank, hatte aber nichts entdecken können.

Schließlich kamen sie ins Arbeitszimmer zurück. Smith stand lange am Fenster und starrte hinaus.

„Der amerikanische Detektiv, der morgen nach New York zurückfährt, könnte uns wahrscheinlich helfen. Es wäre vielleicht gut, wenn ich ihn um Rat fragte."

„Wer ist denn das?" fragte Dick neugierig.

„John Kelly, Chef der Geheimpolizei in Chikago. Möglich, daß er uns einen Tip geben kann. Ich werde es jedenfalls versuchen." Er sah nach der Uhr.

„Ich möchte nur wissen, ob noch Nachrichten über Moran eingelaufen sind. Ich will mich einmal in seiner Wohnung umsehen. Hoffentlich finde ich dort jemand vor?"

„Wenn nicht, dann kann ich Ihnen helfen", erwiderte Dick. „Er sagte mir, daß er verreisen und mir den Schlüssel senden wollte, damit ich ihm seine Post nachschicken könnte. Wenn Sie nichts dagegen haben, begleite ich Sie sehr gerne."

Als sie ankamen, machte ihnen der Hausmeister eine überraschende Mitteilung. Er sagte, daß Moran die Wohnung erst vor einer Stunde verlassen habe.

„Stimmt das auch?“ fragte Dick aufs höchste erstaunt. „Ist er nicht schon heute morgen abgereist?“

„Nein, er ist den ganzen Morgen fortgewesen, kam aber zurück und hat die Wohnung erst um halb vier verlassen. Wenn ich nicht irre, sind Sie Mr. Allenby? Ich sollte einen Brief an Sie zur Post bringen.“

Der Mann ging in sein kleines Büro und überreichte Dick ein Kuvert, das nur zwei hastig hingeworfene Zeilen enthielt. Der Schlüssel lag bei.

Bin gerade im Begriff abzureisen. Die gemeinen Kerle haben mein Gesuch abgelehnt.

„Wer sind denn die gemeinen Kerle?“ fragte Surefoot.

Dick lächelte.

„Wahrscheinlich meint er damit den Aufsichtsrat der Bank. Er sagte mir, er würde abreisen, ob sie ihm Urlaub bewilligten oder nicht.“

Als sie die Wohnung betraten, sahen sie, daß Moran in aller Eile aufgebrochen war. Sie fanden an einem Bettpfosten eine Weste, in der noch die goldene Uhr, das Zigarettenetui und etwa zehn Pfund in barem Geld steckten. Er hatte sich so schnell umgezogen, daß er vergessen hatte, die Taschen zu leeren.

Surefoot trat ans Fenster, und Dick folgte ihm dorthin. Von hier aus konnten sie den Park übersehen, besonders die Stelle, an der Hervey Lyne in seinem Rollstuhl gesessen hatte.

„Fällt Ihnen etwas auf?“ fragte Surefoot.

Dick nickte, und ein Schauder überlief ihn. Von seinem Standpunkt aus konnte er durch das offene Fenster direkt auf den Platz sehen, an dem der alte Mann erschossen worden war.

Surefoot musterte den Fußboden in der Nähe des Fensters eingehend, aber er konnte nichts finden. Dann ging er in das elegante Schlafzimmer und durchsuchte es in aller Eile. Als er den Kleiderschrank aufmachte, fiel ein Militärgewehr heraus. Ein zweites lag auf dem Boden des Schrankes, und daneben lagen ein halbes Dutzend langer, schwarzer Metallhülsen.

Surefoot öffnete die Kammer, roch daran, trug die Waffe ans Fenster und sah durch den Lauf. Wenn kürzlich ein Schuß daraus abgegeben worden war, mußte das Gewehr sofort gereinigt worden sein, denn man konnte im Laufinnern keinen Pulverrückstand sehen. Er prüfte das andere Gewehr in derselben Weise und nahm dann einen Metallzylinder in die Hand.

„Was ist denn das?“

Dick betrachtete den Gegenstand genau.

„Ein Schalldämpfer“, erwiderte er. „Moran interessierte sich sehr für Gewehrschießen und besonders für jede neue Art von Schalldämpfern. Er hat mich selbst ein- oder zweimal um Rat gefragt und mir häufig gesagt, ich sollte mich mit der Konstruktion solcher Instrumente befassen. Sie dürfen nicht vergessen, Smith, daß Morans Lieblingsbeschäftigung und Erholung Gewehrschießen ist.“

„Eine nette Erholung!“ entgegnete der Chefinspektor.

Er durchsuchte den Kleiderschrank und die Schubladen nach Patronen, konnte aber nichts finden. Die Kammern der beiden Gewehre waren leer. Auch konnte er keine abgeschossene Patronenhülse in der Wohnung entdecken.

Smith trat vom Fenster zurück und schätzte den Abstand bis zum Tatort.

„Nicht ganz zweihundert Meter“, meinte er.

Moran hatte seinen Diener nicht mitgenommen. Surefoot ließ sich vom Hausmeister die Adresse des Mannes geben und schickte einen Schutzmann zu ihm, der ihn in sein Büro bringen sollte.

„Sie gehen jetzt am besten zu der jungen Dame“, wandte er sich an Dick. „Sie ist sicherlich durch das traurige Ereignis sehr beunruhigt.“

„Das glaube ich kaum. Aber ich werde sie aufsuchen. Wohin gehen Sie denn?“

Surefoot lächelte nur geheimnisvoll.

14

Das vordere Portal der Bank war schon geschlossen, als der Chefinspektor dort ankam. Er klingelte deshalb an der Seitentür und wurde auch sofort eingelassen. Der Kassierer, der stellvertretende Direktor und mehrere Angestellte waren noch bei der Arbeit. Er sprach mit dem Kassierer in dessen Privatbüro und erhielt von ihm einige wertvolle Auskünfte.

„Ich weiß nur, daß Moran einen Urlaub beantragt hatte, der nicht bewilligt wurde. Das weiß ich, weil der Brief der Generaldirektion nicht an ihn persönlich, sondern an den „Vorsteher“ adressiert war. Deshalb habe ich ihn geöffnet. Ich telefonierte ihn in seiner Wohnung an und teilte ihm den Bescheid mit. Er sagte darauf nur, er komme heute nicht ins Büro.“

„Haben Sie das der Direktion mitgeteilt?“

Es war nicht gemeldet wenden, da das häufiger vorkam. Bankdirektoren können sich dergleichen manchmal gestatten.

„Es wird natürlich in dem täglichen Bericht später erwähnt“, sagte der Kassierer. „Ich hatte heute morgen den Eindruck, als sei Mr. Moran in die City gefahren, um mit den Generaldirektoren zu sprechen. Als ich hörte, er sei auf Urlaub gefahren, nahm ich an, es sei ihm gelungen, die Leute zu überreden. Ist ihm etwas zugestoßen?“ fragte er ängstlich.

„Hoffentlich nicht. Hat er eigentlich bei dieser Bank sein eigenes Konto gehabt?“

„Er hatte wohl ein Konto, es stand aber nicht viel darauf. Vor ein paar Jahren hat man ihm große Schwierigkeiten gemacht, weil er spekulierte, und deshalb hat er wahrscheinlich sein Hauptkonto nicht mehr bei uns geführt. Sicher wollte er verhindern, daß der Aufsichtsrat seine Geschäfte kontrollierte. Ich kann Ihnen ja im Vertrauen sagen, daß er ein Konto auf der Southern Provincial Bank hat. Einmal war sein Guthaben bei uns nahezu aufgebraucht, und da zahlte er einen Scheck ein, den er auf diese Bank ausgestellt hatte. Darf ich vielleicht erfahren, Mr. Smith, warum Sie sich für Mr. Moran interessieren?“

Mit ein paar Worten erzählte ihm der Detektiv von dem Mord.

„Ja, wir führen Mr. Lynes Konto und verwalten sein Vermögen. Es ist ziemlich groß, allerdings nicht mehr so bedeutend wie früher. Er ist Geldverleiher und hat natürlich viele ausstehende Kapitalien.“

Smith sah auf die Uhr.

„Kann ich noch jemand von der Generaldirektion sprechen?“

Der Kassierer konnte die Frage nicht beantworten, telefonierte aber mit der Zentrale. Er erhielt den Bescheid, daß bereits alle Herren nach Hause gegangen seien.

„Wenn Mr. Moran morgen früh nicht kommen sollte –“

„Der kommt nicht“, erklärte Surefoot.

„In diesem Fall wäre es mir sehr lieb, wenn Sie die Generaldirektoren aufsuchen würden. Ich darf Ihnen nämlich eigentlich keine Informationen geben, weder über Mr. Moran noch über einen unserer Kunden. Warten Sie bitte noch einen Augenblick.“

Er stand auf und sprach mit einem anderen Angestellten. Nach einer Weile kam er zurück.

„Das eine möchte ich Ihnen noch mitteilen, ganz gleich, ob man mir nachher Vorwürfe macht oder nicht. Der verstorbene Mr. Lyne hat gestern sechzigtausend Pfund abgehoben – das heißt, der Scheck wurde uns gestern nachmittag eingereicht und von uns ausgezahlt. Es war ein Barscheck. Einzelheiten kann ich Ihnen nicht mitteilen, aber ich glaube, die Generaldirektion wird Ihnen alle weiteren Angaben machen.“

Als Surefoot nach Scotland Yard zurückkehrte, fand er mehrere Beamte in seinem Büro.

Sie verabschiedeten sich gerade von John Kelly, der um Mitternacht die Rückreise nach den Vereinigten Staaten antreten wollte.

„Es tut mir leid“, sagte er, als er Surefoots Bericht gehört hatte. Es wäre mir wirklich ein großes Vergnügen gewesen, wenn ich Ihnen in diesem

Mordfall hätte helfen können. Ich habe die Sache in der Abendzeitung gelesen. Ist inzwischen noch etwas Neues passiert?“

Surefoot erzählte ihm, was er auf der Bank erfahren hatte.

Der Amerikaner nickte.

„Ich kannte einen Spezialisten für solche Verbrechen bei uns drüben. Es ist ein gewisser Arthur Ryan. Ich weiß, daß er jetzt in England ist. Sobald ich nach Chikago komme, schicke ich Ihnen Fotos und alle Unterlagen. Er hatte gewöhnlich mehrere Bankkonten und verschob fremdes Geld von einem auf das andere. Dabei lebte er sonst sehr unauffällig, so daß man ihm derartige Geschichten nicht zutraute.“

Surefoot mußte zu seinem Bedauern die Einladung zu dem offiziellen Abschiedsessen ablehnen. Sein Vorgesetzter wollte ihn noch sprechen, und die Sache duldete keinen Aufschub.

„Wir müssen eine Personalbeschreibung von Moran an alle Polizeistationen geben“, meinte der Polizeipräsident, nachdem er den Bericht des Chefinspektors gehört hatte. „Aber es darf nichts an die Öffentlichkeit dringen, sonst bekommen wir große Unannehmlichkeiten. Die Tatsache, daß er ein paar Gewehre in seiner Wohnung hat, besagt noch gar nichts. Ich selbst weiß, daß er ein sehr guter Gewehrschütze ist. Und soweit wir wissen, haben sich bis jetzt noch keine Unstimmigkeiten bei den Bankkonten gezeigt. Das einzige, was ihn verdächtig macht, ist der Brief, den Lyne kurz vor seiner Ermordung geschrieben hat. Daraus geht hervor, daß er Moran wiedersehen wollte. Hat er ihn denn vorher gesprochen?“

„Ja, vor zwei Tagen, wie mir Binny sagte. Moran behauptete allerdings, daß er ihn in den letzten beiden Jahren nicht gesehen habe. Allenby fragte ihn beiläufig am Abend vor der Tat, ob er Lyne in letzter Zeit besucht habe, und darauf gab Moran diese seltsame Antwort. Allenby ist absolut zuverlässig. Nun fragt sich, warum Moran die falsche Angabe gemacht hat. Es ist doch merkwürdig, daß Lyne in seinem Brief ausdrücklich die Anwesenheit eines Polizeibeamten verlangte. Meiner Meinung nach gibt es hier nur eine Erklärung. Lyne mußte etwas über Moran entdeckt haben und wollte ihn vermutlich zur Rechenschaft ziehen. Moran hat dringend um Urlaub nachgesucht, der ihm nicht bewilligt wird. Er kommt nicht zur Bank, und meiner Meinung nach werden wir noch herausfinden, daß die Direktion überhaupt nichts von seiner Abreise weiß. Er verwaltete noch das Vermögen des alten Lyne, und wenn da etwas nicht in Ordnung ist, kommt er ins Zuchthaus. Möglicherweise war der einzige, der Unstimmigkeiten feststellen konnte, Lyne selbst. Er wird ermordet, jemand erschießt ihn – und zwar genau eine halbe Stunde, bevor Moran London verläßt. Das ist zwar kein direkter, sondern nur ein Indizienbeweis, aber die meisten Leute, die zum Tode verurteilt werden, kommen auf Indizien hin an den Galgen."

Smith setzte seine Nachforschungen noch am Abend fort, und eine Stunde, bevor der Vorhang im Sheridan-Theater zum letztenmal nach der Vorstellung niederging, machte er auch dort einen Besuch. Mike Hennessey war schon nach Hause gegangen als ein gebrochener Mann, wie der Regisseur dramatisch beschrieb.

Smith ging durch die Bühnentür hinter die Kulissen und kam durch einen langen Korridor zu Marys Garderobe. Wie er erwartet hatte, fand er Allenby bei ihr. Sie sah müde aus. Offenbar hatte der Tod des alten Mannes sie doch mehr mitgenommen, als Dick und Surefoot erwartet hatten.

„Ja, das Stück ist vom Spielplan abgesetzt", sagte sie. „Aber die Umstände haben sich nicht so schlecht entwickelt, wie Mike fürchtete. Der Scheck ist noch gekommen, und Mike kann die Gagen an die Schauspieler auszahlen. Für ihn selbst bleibt auch noch etwas übrig."

Über Hervey Lyne konnte sie Smith weiter nichts erzählen. Aber sie berichtete ihm viel über Moran, als er sie nach ihm fragte. Zum erstenmal sprach sie auch über den mitternächtlichen Besuch des Bankdirektors.

„Aber Liebling", warf Dick ein, „ich verstehe nicht recht. Er wollte, daß du ein Dokument unterzeichnest . . ."

„Wissen Sie, um welche Aktien es sich handelte?" unterbrach ihn Surefoot.

Sie konnte ihm jedoch keine Auskunft darüber geben. Smith nahm an, daß es ausländische Aktien waren, denn nur bei manchen ausländischen Börsen besteht die Vorschrift, daß Aktien von einem Vormund nicht ohne Zustimmung und Unterschrift des Mündels verkauft werden können.

„Das ist an und für sich noch nicht verdächtig. Selbst wenn er der Käufer gewesen wäre, hätte sich der alte Lyne nicht übers Ohr hauen lassen.“

Surefoot konnte an diesem Abend nicht mehr viel unternehmen. Lynes Papiere wurden sorgfältig durchsucht und registriert. Die Stelle, wo der Mord geschehen war, wurde durch ein Seil abgesperrt und bewacht, eine Vorsichtsmaßregel, die sich als sehr berechtigt herausstellte, als die Ärzte ihren Bericht über den Mord machten.

Hervey Lyne war durch ein Geschoß getötet worden, das von hinten durch das Herz gedrungen war. Im Körper fand man es nicht, und Surefoot gab den Auftrag, bei Tageslicht den Rasenplatz eingehend nach der Kugel abzusuchen.

Um neun morgens war er in der City und wartete auf die Ankunft der Generaldirektoren. Wie er vermutet hatte, wußten sie nichts von einer Abreise Morans. Aber er erfuhr, daß der Mann keinen guten Ruf bei der Bank genoß.

„Er war ein sehr fähiger Bankdirektor und bei unseren Kunden besonders beliebt. Wir hätten ihn sonst nicht behalten, nachdem sich herausstellte, daß er spekulierte. Wir können ihm nichts Schlechtes vorwerfen, natürlich mit Ausnahme dieser letzten Disziplinlosigkeit, die allerdings ziemlich schwer ins Gewicht fällt. Wie wir annehmen, ist er nach Devonshire gereist. Wenigstens sagte er, daß er dorthin gehen würde.“

Surefoot lächelte.

„Der ist nicht in Devonshire, darauf können Sie sich verlassen. Er ist mit einer bestellten Maschine gestern nachmittag um vier Uhr zwanzig von Croydon nach Köln geflogen. Dort erwartete ihn ein anderes Flugzeug, das ihn nach Berlin brachte. Dort ist er noch nicht gefunden worden.“

Der Generaldirektor schaute ihn bestürzt an.

„Er ist in Berlin?“ fragte er betroffen.

Leo Moran verwaltete große Konten, und ein Bankdirektor, der unter verdächtigen Umständen plötzlich verschwindet, nimmt gewöhnlich Bankgelder mit.

„Ich nehme ja nicht an, daß etwas nicht stimmt“, sagte er entsetzt. „Er hat zwar früher spekuliert, und man weiß nie, was ein Spieler sich alles zuschulden kommen läßt. Aber sonst war er wirklich zuverlässig und ehrenhaft. Trotzdem will ich sofort alle Bücher kontrollieren lassen.“

Surefoot hatte eine sehr genaue Personalbeschreibung von Mr. Moran erhalten, aber er konnte keine Fotografie von ihm finden. Der Mann war jedoch nicht schwer wiederzuerkennen, da er fast vollkommen kahl war. Er konnte allerdings mit Hilfe einer Perücke seinem Kopf ein ganz anderes Aussehen geben.

Surefoot runzelte die Stirn. Eine Perücke! Er erinnerte sich plötzlich an die drei Perücken, die er in dem Zimmer über der Garage in Baynes Mews entdeckt hatte, und er dachte auch an Washington Wirth, der in Mittelengland leben sollte ... Sechzigtausend Pfund waren vor kurzem von Mr. Lynes Konto durch eine Bank in Mittelengland abgehoben worden.

Er ließ sich eine Vollmacht geben, alle Konten auf Morans Bank zu untersuchen. Mit dieser Ermächtigung fuhr er zur Bank und sprach mit dem Hauptkassierer.

„Ich kenne zufällig den Stand von Mr. Lynes Konto bis vor ein paar Tagen“, sagte er. „Irrtümlicherweise schrieb er nämlich eine Mitteilung an sein Mündel auf die Rückseite der Abrechnung.“

Er nahm das Schreiben aus der Tasche, und der Kassierer prüfte es.

„Ich will die Sache sofort prüfen. Hier sind natürlich nicht die sechzigtausend Pfund berücksichtigt, die auf den letzten Scheck hin abgehoben wurden.“

Der Kassierer kam erst nach einer längeren Weile zurück und legte die Abrechnung auf den Tisch.

„Die Aufstellung, die Mr. Moran dem verstorbenen Mr. Lyne gegeben hat, ist vollständig falsch. Sie ist vor drei Tagen aufgestellt. Aber hier steht zum Beispiel, daß Mr. Lyne ein Guthaben von zweihunderttausend Pfund haben soll. In Wirklichkeit beträgt sein Konto aber nicht ganz fünfzigtausend – achtundvierzigtausendsiebenhundert, um genau zu sein. Als ich die Aufstellung sah, wußte ich gleich, daß sie nicht stimmte. Ich habe das Konto Mr. Lynes genau beobachtet und Mr. Moran schon zweimal gedrängt, ihm zu schreiben und ihn auf den niedrigen Stand seines Kontos aufmerksam zu machen. Aber weil Mr. Lyne Geldverleiher ist, haben wir uns nicht zu sehr darum gekümmert. Die Leute verleihen ja häufig größere Summen."

„Wie verhält es sich mit dem Depot an Wertpapieren?"

„Die sind alle noch vorhanden, nur haben wir vor vier Monaten auf besonderen Auftrag Mr. Lynes für dreißigtausend Pfund Aktien verkauft."

„Hat Mr. Moran am vergangenen Dienstag, etwa um zehn Uhr morgens, Mr. Lyne besucht?"

„Wenn er es getan hat, bin ich jedenfalls nicht davon unterrichtet worden." Er dachte kurz nach. „Ja, am vorigen Dienstag kam er erst gegen Mittag ins Büro und sagte, daß er eine Besprechung gehabt habe. Aber ich weiß nicht, mit wem. Es handelt sich hier doch um ein schweres Verbrechen, an dem Mr. Moran beteiligt ist? Ich will Ihnen und der Bank helfen, soviel ich kann. Aber wie ich Ihnen schon sagte, weiß ich nichts von diesen Transaktionen. Wollen Sie einmal das Konto Mr. Lynes durchsehen? Es sind in den letzten achtzehn Monaten große Summen ausgezahlt worden, gewöhnlich auf Barschecks hin, und das ist eigentlich nicht die Art, wie Geldverleiher über ihr Konto verfügen. Im allgemeinen sind solche Leute sehr vorsichtig und stellen die Schecks auf die Namen bestimmter Personen aus, so daß man auch durch die Bankbücher feststellen kann, wo ihr Geld geblieben ist. Aber Mr. Lyne hat das niemals getan."

Der Kassierer brachte ein besonderes Aktenstück, und Smith prüfte es. Es waren Beträge von zehn-, fünfzehn- und zwanzigtausend Pfund abgehoben worden, und zwar stets durch eine Bank in Birmingham.

„Nur ein einziger dieser großen Schecks wurde persönlich ausgestellt", erklärte der Kassierer, wandte ein Blatt um und zeigte auf einen Namen. „Und zwar, während Mr. Moran auf Urlaub war –"

Smith sah erstaunt auf die Zeile. Klar und deutlich konnte er lesen: Washington Wirth.

15

Lange Zeit starrte Smith nachdenklich auf den Namen.

„Würden Sie so liebenswürdig sein und mich einmal mit der Bank in Birmingham verbinden?"

Schon kurze Zeit darauf sprach er mit dem Direktor. Dieser bestätigte alles, was Smith schon wußte. Er kannte Mr. Washington Wirth nicht persönlich, obwohl er ihn einmal im Hotel gesehen hatte. Als Mr. Wirth sein Konto eröffnete, war er offenbar leidend und lag zu Bett. Sein Zustand machte es notwendig, daß die Vorhänge im Hotelzimmer vorgezogen sein mußten. Einer der Bankbeamten hatte sich damals seine Unterschrift geben lassen. Sonst wußte man nichts von ihm. Er hatte ein besonderes Abkommen mit der Bank getroffen, daß er Barschecks an drei verschiedenen Filialen einlösen konnte, und zwar in London, Bristol und Sheffield. Stets kündigte er vierundzwanzig Stunden vor Vorzeigung des Schecks der Bank in Birmingham telegrafisch an, daß er Geld abheben werde. Obwohl große Summen auf sein Konto gebucht und wieder ausgezahlt wurden, war der augenblickliche Stand des Kontos doch sehr gering.

Surefoot Smith schickte einen Detektiv mit einer Anzahl von Unterschriften nach Birmingham; der Mann sollte die

Originalunterschrift mitbringen, die Wirth bei Eröffnung seines Kontos geleistet hatte.

Wer auch immer der Veranstalter der mitternächtlichen Gesellschaften im Kellner-Hotel gewesen sein mochte, jedenfalls war er es, an den die großen Summen von Lynes Konto ausgezahlt wurden. Und wahrscheinlich war er auch der Mörder.

Surefoot suchte Dick auf und erstattete ihm Bericht.

„Sie sind der nächste Verwandte des Ermordeten, und infolgedessen ist es nur natürlich, daß ich Ihnen das mitteile", meinte er.

Dick hörte bestürzt, welche Geldsummen fehlten.

„Haben Sie die Möglichkeit bedacht, daß Mr. Wirth mit Hervey Lyne identisch sein könnte?"

„Ja, der Gedanke ist mir auch schon gekommen. Daß sich der alte Mann immer herumfahren ließ, bedeutet nichts. Das ist einer der ältesten Tricks. Die Schecks wurden zweifellos von ihm persönlich unterzeichnet; ich habe sie selbst gesehen, und den letzten habe ich sogar noch bei mir."

Er nahm das Formular aus der Tasche. Als er es umdrehte, entdeckte er zu seinem größten Erstaunen auf der Rückseite eine mit Bleistift gekritzelte Bemerkung, die er vorher übersehen hatte. Die Schrift war nur schwach; auch schien ein Versuch gemacht worden zu sein, sie auszuradieren. Mit Hilfe eines Vergrößerungsglases gelang es Surefoot, die Worte zu entziffern.

„Schicken Sie nicht mehr chinesische E . . ." Offenbar war der Bleistift hier auf der Schreibunterlage abgeglitten, ohne daß es Lyne bemerkt hatte.

„Zum Teufel, was hat das zu bedeuten?" fragte Smith nervös. „Zweifellos ist das die Handschrift des alten Lyne. Was wollte er denn mit „chinesisch" sagen? Und wer hat sich die Mühe gemacht, das auszuradieren?"

Er schüttelte verzweifelt den Kopf.

„Ich hätte den Kassierer fragen sollen, ob der alte Lyne irgendwelche chinesischen Papiere bei der Bank deponiert hatte."

*

Dick speiste mit Mary Lane zu Mittag und erzählte ihr alles, was ihm der Detektiv mitgeteilt hatte. Er sprach auch von der rätselhaften Bleistiftschrift auf der Rückseite des Schecks. Sie stieß plötzlich einen leisen Ausruf aus und sah ihn erstaunt an.

„Ach!" sagte sie dann.

Dick lächelte.

„Weißt du etwas von chinesischen Papieren?"

„Nein. Aber erzähle mir noch einmal alles recht langsam."

Dick erfüllte ihren Wunsch. Wenn sie die banktechnischen Ausdrücke nicht verstehen konnte, bat sie ihn um Erklärungen. Als er geendet hatte, seufzte sie und lehnte sich in ihren Stuhl zurück. Aber ihre Augen glänzten.

„Du siehst entsetzlich geheimnisvoll aus."

Sie nickte.

„Ja, ich bin es auch."

„Weißt du am Ende gar, wer den unglücklichen alten Lyne ermordet hat?"

Sie nickte wieder.

„Ja; ich wage es noch nicht, seinen Namen zu nennen, aber ich glaube, daß ich einen Anhaltspunkt habe . . . Ich lebte als kleines Mädchen in Mr. Lynes Haus, und verschiedene Dinge habe ich nicht vergessen."

„Ich werde Surefoot sagen –", begann er.

„Nein, nein", erwiderte sie schnell. „Das darfst du nicht tun. Wenn du mich lächerlich machst, werde ich dir das nie verzeihen. Meine Theorie ist vielleicht töricht. Ich muß sie erst beweisen können, bevor ich darüber spreche."

„Willst du auch unter die Detektive gehen, Liebling?" fragte er scherzend. „Übrigens ist das Testament gefunden worden. Ich bin wirklich Universalerbe. Es ist allerdings mit allen möglichen einschränkenden Bedingungen versehen. Wenn ich zum Beispiel eine Frau heirate, die nicht Engländerin ist oder nicht der englischen Hofkirche angehört, verliere ich einen Teil der Erbschaft; ebenso, wenn ich meinen Wohnsitz außerhalb Englands verlege und wenn ich seinen Hund nicht pflege. Nun ist der Hund allerdings schon seit sechzehn Jahren tot. In gewisser Weise war der Alte aber großzügig, Mary. Er hat dir vierzigtausend Pfund hinterlassen, frei von jeder Erbschaftssteuer."

„Wirklich?" Sie war fast bestürzt über die Freigebigkeit ihres Vormunds. Und sie freute sich, daß er nicht in einer ärgerlichen Laune seinen Neffen enterbt hatte.

Surefoot erfuhr erst bei seiner Rückkehr ins Büro, daß das Testament gefunden worden war. Er läutete Dick an, gratulierte ihm und hörte zu seiner Enttäuschung, daß dieser die Neuigkeit schon wußte.

„Da Sie ja großes Interesse an dem Fall haben, wäre es gut, wenn Sie sofort zum Scotland Yard kämen. Ich habe den Hauptkassierer von der Bank hier, und er hat etwas zu berichten, das auch Sie angeht."

Dick kam der Aufforderung sofort nach. Auf Surefoots Schreibtisch lag eine Anzahl beschriebener Blätter.

„Also hierum dreht es sich", erklärte Smith mit Nachdruck, als er ihm die Papiere zuschob, damit er sie lesen konnte. „Unser Freund hier" – er wies auf den Bankbeamten –, „sagt, daß die Aufstellung, die an Miss Lane gesandt wurde, nicht mit einer Schreibmaschine der Bank geschrieben wurde. Er hat mir das auch bewiesen, indem er mir Schriftproben sämtlicher Schreibmaschinen der Bank vorlegte. Das ist eine brauchbare Feststellung, aber vorläufig bringt sie uns noch nicht weiter. Wenn Moran Gelder beiseite schaffte, hat er sicher alle diesbezügliche Korrespondenz zu Hause erledigt. Die Formulare konnte er sich leicht von der Bank mitnehmen. Konnte sich eigentlich jemand außerhalb der Bank diese Formulare auch besorgen?“

Der Kassierer hielt das für möglich.

Surefoot konnte sich nicht besinnen, eine Schreibmaschine in Morans Wohnung gesehen zu haben. Er begleitete Dick, nachdem der Bankbeamte gegangen war, nach Parkview Terrace und durchsuchte dort alles noch einmal sorgfältig. Sie fanden diesmal eine Reiseschreibmaschine, aber sie war defekt, so daß man sie nicht benutzen konnte. Surefoot dachte an die kleine Wohnung über der Garage in Baynes Mews. Wenn Moran deren Eigentümer war, besaß er sicher auch noch andere Unterkunftsmöglichkeiten und Schlupfwinkel in London. Er konnte ja leicht genug unter anderem Namen Wohnungen mieten. Smith hatte festgestellt, daß die Wohnung in Baynes Mews auf den Namen Whiteley gemietet worden war.

„Haben Sie denn noch Zweifel?“ fragte Dick.

„Ja, ich bin noch keineswegs überzeugt. Vielleicht klärt sich manches auf, wenn ich Jerry Dornford finde. Sie besinnen sich doch noch, daß er mit einem Höllenspektakel ziemlich langsam an der Stelle vorbeifuhr, wo der alte Lyne saß?“

„Ja, gewiß – aber . . .“

„Hat er nicht Ihre Luftpistole gestohlen?“ Der Chefinspektor ärgerte sich über Dicks Schwerfälligkeit.

„Großer Gott, Sie halten doch nicht Dornford für den Mörder?“

„Warum denn nicht?“ entgegnete Smith vorwurfsvoll. „Er schuldete Lyne Geld – Lyne hatte gedroht, ihn gerichtlich verfolgen zu lassen, wenn er nicht am selben Tag noch zahlen würde. Wenn Sie Dornfords Charakter nur einigermaßen kennen, wissen Sie, daß er unter allen Umständen einen finanziellen Skandal vermeiden wollte. Er ist stolz darauf, daß man ihn für wohlhabend hält, obgleich sein Vater Pferdehändler war und seine Mutter – nun, darüber wollen wir nicht reden. Wenn das Gericht ihn für bankrott erklärt, muß er aus allen Klubs austreten, in denen er Mitglied ist. Und ein Mann wie er wird natürlich von sich aus alles daransetzen, das zu verhindern."

„Wo ist er denn jetzt?"

„Das möchte ich auch gern wissen. Er ist nicht wieder aufgetaucht, seitdem wir ihn in Naylors Crescent im Auto sahen!"

16

Surefoot Smith grübelte in seiner Privatwohnung in der Panton Street über die Probleme nach, die er lösen sollte. Im Augenblick schrieb er der Reihenfolge nach in seiner einzigartigen Stenographie auf, wo Leo Moran nach den bisherigen Feststellungen überall in der Welt aufgetaucht war.

Der Bankdirektor hatte im Rundfunk einen Vortrag gehalten. Nach dem Vortrag hatte sich Moran ins Sheridan-Theater begeben, von dort zur Wohnung Dick Allenbys. Dann mußte er nach Hause zurückgekehrt sein, wo er einen Brief vorfand – Surefoot wollte ihm das ruhig glauben. Dieser Brief veranlaßte ihn, Mary Lane noch einen Besuch zu machen.

Was hatte Moran nun aber am Mordtag selbst gemacht?

Eins war jedenfalls sicher: Das Flugzeug, das er benutzt hatte, war erst im letzten Augenblick gemietet worden. Er hatte also zuerst andere Absichten gehabt.

Um welche Aktien mochte es sich übrigens gehandelt haben, für deren Übertragung er Mary Lanes Unterschrift brauchte? Diese Frage konnte wohl erst nach langen, mühsamen Nachforschungen beantwortet werden.

Das Verschwinden Jerry Dornfords war ein Problem für sich. Sein Diener in der Half Moon Street sagte, daß er sich darüber keine Sorge mache. Sein Herr sei schon öfter tagelang weggeblieben, ohne anzugeben, wo er sich aufhielte. Mr. Dornford war anscheinend keine mitteilsame Natur, außerdem ein Mann ohne Geld und mit nur wenigen Freunden. Der eine oder andere von ihnen hatte Besitzungen auf dem Land, aber die Nachforschungen dort blieben ohne Erfolg. Der Diener erinnerte sich wohl an die Namen einiger Damen, mit denen Dornford verkehrte, aber das brachte auch keine Aufklärung.

Dornford selbst besaß ein kleines Gut in Berkshire; ein Teil der Besitzung war Ackerland und brachte genug Pacht ein, um die Hypothekenzinsen zu zahlen. Auf dem Besitztum stand ein Haus, das jedoch schon vor vielen Jahren an einen Golfklub vermietet worden war.

Auf keinen Fall besaß Dornford genügend Mittel, um Wohnungen an zwei oder drei Stellen zu unterhalten.

Das Geschoß, mit dem der alte Lyne getötet worden war, hatte man noch nicht gefunden, obwohl der Rasen zum größten Bedauern der Parkdirektion abgehoben wurde. Immerhin konnte es in einem solchen Winkel abgefeuert worden sein, daß es in den Kanal oder auf das jenseitige Ufer fiel.

Wenn Surefoots erste Theorie stimmte, daß Lyne von dem Obergeschoß des Hauses in Parkview Terrace aus erschossen wurde, mußte die Kugel ein paar Schritte von der Stelle entfernt gefunden werden, wo der Rollstuhl gestanden hatte. Und wenn der tödliche Schuß aus Dornfords Auto abgegeben worden war, konnte das Geschoß kaum durch Lynes Körper gegangen und bis zum Kanal geflogen sein.

Surefoot Smith blieb in steter Verbindung mit dem Butler Binny, aber dieser konnte ihm auch keine weiteren Aufklärungen geben, er hatte weder Schuß noch Einschlag gehört. Das war auch verständlich, denn Dornfords Auto hatte einen solchen Spektakel gemacht, daß alle anderen Geräusche darin untergingen.

Es war Sonnabendnachmittag vier Uhr, und Surefoot Smith, der in der vergangenen Nacht kaum geschlafen hatte, war in seinem Sessel eingenickt. Ärgerlich über sich selbst fuhr er nach einer Weile in die Höhe, erhob sich sofort, wusch sich und ging dann nach Haymarket.

Er wußte noch nicht, wie und in welcher Richtung er weiterarbeiten sollte.

Schließlich wanderte er über Piccadilly Circus, blieb unentschlossen an einer Straßenecke stehen und beobachtete die haltenden Wagen. Plötzlich stieß ihn jemand an.

Der Mann, der ihn angerempelt hatte, ohne es zu wollen, entschuldigte sich und wollte weitergehen. Aber Surefoot erkannte ihn und faßte ihn am Ärmel.

„Was ist denn mit Ihnen los, Mike?“

Surefoot war mit Recht erstaunt.

In vierundzwanzig Stunden hatte sich Mike Hennesseys Aussehen auffallend verändert. Sein dickes, unrasiertes Gesicht war aufgedunsen und zeigte eine häßliche graue Farbe. Seine Augen waren blutunterlaufen. Bildete es sich Surefoot nur ein, oder wurde der Mann tatsächlich bleich, als er ihn ansah?

„Hallo!“ stammelte Mike. „Ach – ist es nicht sonderbar, daß wir uns hier treffen?“

„Was ist denn mit Ihnen los, Mike?“ wiederholte Surefoot.

Der Chefinspektor hatte sich angewöhnt, auch in den unschuldigsten Menschen verbrecherische Absichten zu wittern, und seine Frage klang deshalb vorwurfsvoll und mißtrauisch.

„Nichts – ich laufe heute herum wie im Traum. Das Stück ist vom Spielplan abgesetzt, und ich weiß nicht, was ich machen soll.“

„Ich habe den ganzen Morgen versucht, Sie anzutelefonieren. Wo haben Sie denn gesteckt?“

Mike fuhr zusammen.

„Sie haben . . . Warum denn, Surefoot, alter Knabe? Ich war nicht in der Stadt. Was wollten Sie von mir?“

„Sie waren nicht in Ihrer Wohnung und Sie waren auch nicht im Theater. Warum sind Sie mir aus dem Weg gegangen?“

Mike versuchte zu sprechen, schluckte und sagte dann heiser:

„Wir wollen irgendwo ein Glas zusammen trinken. Ich habe schwere Sorgen."

In einer Seitenstraße lag eine Kneipe, wo man Bier eigentlich erst von sechs Uhr abends an bekommen konnte. Trotzdem gingen die beiden dahin, und der Oberkellner empfing sie mit einem Lächeln.

„Wollen Sie sich mit dem Herrn ein wenig privat unterhalten, Mr. Smith? Sicher wollen Sie nicht hier draußen im großen Lokal sitzen, das ist nicht angenehm. Kommen Sie in das Zimmer des Geschäftsführers."

Er führte die beiden in einen kleinen Privatraum, der durchaus nicht das Büro des Geschäftsführers war, höflicherweise aber so genannt wurde.

„Ich werde Ihnen eine Portion Tee bringen, Mr. Smith. Mr. Hennessey, Sie nehmen doch Kaffee?"

Mike hatte die Augen geschlossen und nickte.

„Nun, was für Sorgen haben Sie?" fragte Smith geradezu. „Handelt es sich um Washington Wirth?"

Mike öffnete sofort die Augen und starrte ihn an.

„Ja", erwiderte er und blinzelte den Chefinspektor an. „Ich meine ... ja ... er wird sich wohl nicht mehr ums Theater kümmern, und das macht mir große Sorge. Er war ein guter Freund von mir."

Es fiel Mike nicht nur schwer zu reden, sondern auch zu atmen. Er keuchte förmlich.

„Wollten Sie seinetwegen mit mir sprechen?" fragte er nervös.

„Ja. Er war also ein Freund von Ihnen?"

„Freund kann man eigentlich nicht sagen. Er war der Mäzen meines Theaters", verbesserte Hennessey schnell. „Ich sorgte für ihn, wenn er in der Stadt war. Viel wußte ich nicht von ihm, aber er war sehr reich."

„Haben Sie ihn nie gefragt, woher er das Geld hatte?"

„Nein, das habe ich natürlich nicht getan." Hennessey konnte dem Chefinspektor nicht in die Augen sehen.

Der Oberkellner kam mit einem Tablett zurück, auf dem zwei große Bierflaschen, eine Flasche Whisky, zerstoßenes Eis und ein Siphon mit Sodawasser standen.

„Hier ist Ihr Tee“, sagte er in aller Form, stellte die Getränke nieder und ging wieder hinaus.

Surefoot Smith nahm an dieser Übertretung des Gesetzes keinen Anstoß.

„Also, Mike, nun sagen Sie doch schon, was Sie wissen“, begann er freundlich. „Ich möchte von Ihnen erfahren, wer dieser Wirth eigentlich ist.“

Hennessey feuchtete die trockenen Lippen an.

„Zuerst würde ich gern hören, was eigentlich los ist“, erwiderte er verbissen. „Nicht, daß ich Ihnen etwas Bestimmtes sagen könnte, aber nehmen wir einmal an, ich wüßte etwas – wo bleibe ich? Stellen Sie sich einmal vor, ich hielte ihn für einen anderen und würde zu ihm sagen; „Entweder helfen Sie mir, oder ich fange an zu erzählen.““

„Ja, angenommen, Sie wollten ihn erpressen“, unterbrach ihn Smith brutal.

Mike stöhnte.

„Nein, ich habe ihn nicht erpreßt. Ich war ja meiner Sache gar nicht sicher, ich habe doch nur einen Bluff versucht, um zu sehen, wie weit er gehen würde ...“ Plötzlich brach Mike zusammen, bedeckte das Gesicht mit den Händen und begann zu schluchzen. „Ach, es ist schrecklich!“ stöhnte er.

Andere Leute wären in Verwirrung geraten, Surefoot Smith war nur interessiert. Er legte die Hand auf Mikes Arm.

„Sind Sie auch an dem Mord beteiligt? Darum handelt es sich jetzt.“

Mikes Hände fielen plötzlich auf den Marmortisch. Sein tränenbedecktes Gesicht zeigte einen bestürzten Ausdruck, aber er weinte nicht mehr.

„Mord . . .? Sie meinen, ich soll in einen Mord verwickelt sein?“ fragte er mit schriller, erregter Stimme.

„Ja, an dem Mord an Hervey Lyne. Wußten Sie nicht, daß er erschossen worden ist?“

Mike sah ihn starr vor Schrecken an.

„Was, Lyne . . . ist erschossen?“ stieß er mühsam hervor.

Es war kaum zu glauben, daß er der einzige Mann in London sein sollte, der nichts von dem geheimnisvollen Mord in Regent's Park erfahren hatte, denn die Zeitungen waren voll davon. Aber Surefoot fühlte, daß Mike ihm nichts vormachte.

„Sie wollen mich doch nicht etwa aufs Glatteis führen, Surefoot?“

„Nein. Wie kommen Sie denn auf eine solche Idee?“

Mike schwieg und sah den Beamten mit großen Augen an. Aber seine Züge waren vollkommen ausdruckslos. Als er nach einer Weile wieder sprach, hatte er sich gesammelt.

„Das ist entsetzlich! Ich habe die Zeitungen heute morgen noch nicht gelesen.“

„Es stand gestern abend drin“, erklärte Smith.

Mike schüttelte den Kopf.

„Seit Donnerstag morgen habe ich keine Zeitung mehr gesehen. Der alte Lyne ist also tot! Er war doch der Vormund von Miss Lane.“ Surefoot wußte, daß Mike Zeit gewinnen wollte, um sich wieder vollständig zu fassen. „Ich habe wirklich nichts davon gelesen. Es ist merkwürdig, wie man Dinge übersehen kann, die in der Zeitung stehen. Ich war so mit dem Zusammenbruch meines Theaters beschäftigt, daß ich mich für nichts anderes interessierte.“

„Was haben Sie denn eigentlich für Washington Wirth getan?“

Surefoot sprach eisig. Er hatte sein freundliches Wesen abgelegt und interessierte sich im Augenblick nicht einmal für das Bier, das neben ihm stand.

„Haben Sie Geld für ihn von der Bank abgehoben?“

Mike nickte. „Ja. Große Summen. Ich bin zur Bank gegangen und habe mich dann später mit ihm getroffen.“

„Wo sind Sie mit ihm zusammengekommen?“ fragte Smith.

„An den verschiedensten Stellen, zum Beispiel auf Bahnhöfen, meistens aber im Kellner-Hotel. Er hob gewöhnlich einen großen Betrag ab, wenn er eine Gesellschaft gab, und ich brachte ihm das Geld, bevor die Gäste kamen. Er sagte, er sei Fabrikbesitzer in Mittelengland, aber um Ihnen die Wahrheit zu sagen, Mr. Smith, ich habe immer daran gezweifelt. Den Eindruck eines Verbrechers hat er aber nicht auf mich gemacht. Man begegnet ja den merkwürdigsten Leuten, die in guten Verhältnissen leben und Geld wie Heu haben. Warum sollte er nicht dazu gehören? Er ist nicht der erste, der sein Geld in Theater steckt, und hoffentlich ist er auch nicht der letzte.“

„Von welcher Bank haben Sie Geld für ihn geholt?“

Mikes Antwort stimmte mit dem überein, was Surefoot bereits wußte.

„Das wäre in Ordnung.“ Smith lehnte sich über den Tisch. „Nun möchte ich noch wissen, wer dieser . . . Washington Wirth war.“

Mike schüttelte den Kopf.

„Offengestanden – das weiß ich selber nicht. Wenn ich in dieser Minute sterben sollte, könnte ich es Ihnen nicht sagen. Ich kam durch meinen letzten Bankrott mit ihm in Verbindung. Er schrieb mir damals einen sehr liebenswürdigen Brief und drückte darin sein Bedauern aus, daß ein so tüchtiger Mann wie ich mit derartigen Schwierigkeiten zu kämpfen habe. Zum Schluß bot er mir seine finanzielle Hilfe an.“

„War der Brief mit der Hand geschrieben?“

„Nein, mit der Maschine. Ich habe das Schreiben noch irgendwo in meinen Akten. Dann traf ich im Kellner-Hotel mit ihm zusammen. Damals hatte er nur ein Zimmer. Ich wußte, daß er eine Perücke trug und daß er in Wirklichkeit ein anderer war, aber ich habe mir niemals die Mühe gemacht, hinter sein Geheimnis zu kommen –“

„Das ist eine ganz dicke Lüge“, sagte Surefoot ruhig. „Sie haben doch zugegeben, daß Sie ihn erpreßten.“

„Nein, das habe ich nicht getan. Ich habe nur einen Bluff versucht. Ich wußte, daß er ein anderer war, und vermutete die Wahrheit.“

„Sind Sie sich auch klar darüber, daß Sie in einer bösen Patsche sitzen, wenn dieser Washington Wirth verhaftet werden sollte? Ich kann als sicher annehmen, daß er Geld von Hervey Lyne unterschlagen hat. Jedenfalls habe ich manche Anhaltspunkte dafür, daß er den alten Finanzmann erschossen hat. Mike, Sie wollen doch nicht in einen Mord verwickelt werden?“

Hennesseys Gesicht war verzerrt, und er konnte kaum noch zusammenhängend sprechen.

„Ich würde Ihnen gern helfen, wenn ich könnte, Mr. Smith. Aber ich weiß doch gar nicht, wer er in Wirklichkeit ist – ich schwöre Ihnen, daß ich es nicht weiß.“

Der Chefinspektor sah ihn scharf an.

„Wissen Sie etwas von Moran?“

„Sie meinen doch nicht den Bankdirektor?“ stammelte Mike bestürzt.

„Wissen Sie etwas von der falschen Bankbilanz, die Lyne zufällig an Miss Lane schickte?“

Einen Augenblick glaubte Smith Mike würde ohnmächtig zusammenbrechen.

„Nein – nichts – ich kenne Moran – und ich kenne auch Wirth. Nehmen wir einmal an, daß ich ihn – Washington Wirth – fände – was würde das für mich bedeuten?“

Surefoot Smith erhob sich.

„Das macht für Sie gar nichts aus, ob Sie ihn finden oder ob die Polizei ihn findet“, erwiderte er barsch. „Sie scheinen immer noch nicht zu wissen, Mike, in welche Lage Sie sich gebracht haben. Zwei Leute sind ermordet worden, wahrscheinlich von derselben Person. Tickler wurde umgebracht, weil er zuviel wußte. Es ist vielleicht sicherer für Sie, wenn ich Sie in Schutzhaft nehme.“

Mike lächelte. „Bin ich denn ein Kind?“ fragte er. Anscheinend hatte er seine Fassung jetzt wiedergewonnen. „Ich kümmere mich nicht um Drohungen. Machen Sie sich meinetwegen keine Mühe, Surefoot.“

„Ich habe Ihnen noch eine ganze Menge zu sagen“, unterbrach ihn Smith. „Aber warten Sie, bis ich telefoniert habe.“

Mike sah ihn argwöhnisch und etwas furchtsam an.

„Haben Sie keine Angst, ich verhafte Sie nicht.“

In dem großen Gastzimmer nebenan befand sich eine Telefonzelle, und Surefoot rief Scotland Yard an.

„Hier Chefinspektor Smith. Schicken Sie sofort zwei der besten Detektive zu Bellinis Restaurant. Ich bin mit Mike Hennessey, dem Theatermann, dort. Er steht von diesem Augenblick an Tag und Nacht unter Beobachtung. Die Sache ist sehr wichtig, es dürfen keine Fehler gemacht werden. Verstanden?“

Der Befehl wurde pünktlich ausgeführt. Als Smith und Mike eine Viertelstunde später auf die Straße traten und nach Piccadilly Circus gingen, folgten ihnen zwei junge Detektivbeamte, und als Mike in einem Taxi fortfuhr, stiegen die beiden ebenfalls in ein Auto und blieben ihm auf der Spur. –

Mike Hennessey war nicht im Theater, als der Vorhang das letztemal nach dem Stück „Klippen des Schicksals“ fiel. Obwohl die Absetzung des Stückes nun bedeutete, daß sich die Schauspieler nach neuer Arbeit umsehen mußten, atmeten sie doch alle erleichtert auf, als sie die Bühne verließen.

Dick war mit der Lektüre der Abendzeitung beschäftigt, als Mary in ihren Ankleideraum trat. Das Blatt brachte einen großen Artikel über die Ermordung des Finanzmannes Lyne.

Dick legte es beiseite, als Mary hereinkam, und wollte die Garderobe verlassen, während sie sich umkleidete.

„Bleib sitzen“, sagte sie. „Ich will noch ein wenig warten, ich fühle mich so müde.“

„Nun, wie ist es? Hast du den Mörder gefunden? Du wolltest doch selbst Detektiv spielen?“ fragte er leichthin.

Sie ging nicht auf seinen scherzenden Ton ein.

„Ich glaube, ich weiß, wer es ist.“

„Hast du die Berichte in der Zeitung gelesen?“

„Ja, ich habe jede Zeile studiert.“

„Binny hat übrigens eine eigene Theorie. Ich habe heute mit ihm gesprochen. Er hält Jerry Dornford für den Mörder. Vermutlich deshalb, weil er Jerry nicht leiden kann.“

„Hat Mr. Smith dir alle Anhaltspunkte genannt, die er bisher herausbekommen hat?“ fragte sie. Was Binny über den Fall dachte, schien sie nicht zu interessieren.

„Nein. Er ist meistens sehr zugeknöpft, wenn es sich um seinen Beruf handelt.“

„Meinst du, er würde sie mir mitteilen?“

„Wenn er der Ansicht ist, daß du ihm helfen kannst vielleicht. Er hat versprochen, heute abend ins Theater zu kommen und mir die letzten Neuigkeiten zu berichten. Bei der Gelegenheit könntest du ihn ja einmal fragen.“

Surefoot kam verhältnismäßig spät und war nicht in der besten Laune. Er hatte auch Grund, verstimmt zu sein, denn um halb acht hatte ihn einer der Detektive angerufen und gemeldet, daß sie Mikes Spur verloren hatten.

„Was, er ist Ihnen entkommen?“ hatte Smith durch das Telefon gerufen. „Was ist denn eigentlich mit euch los?“

„Es tut mir furchtbar leid, aber er muß bemerkt haben, daß wir ihm folgten. Ich habe mich nur einmal umgedreht, und schon war er fort.“

„Man dreht sich eben nicht um! Suchen Sie ganz London ab und gabeln Sie ihn wieder auf! Kennen Sie seine Adresse? Dann warten Sie vor seiner Wohnung. Der Mann muß unter allen Umständen gefunden werden.“

Im Sheridan-Theater schimpfte Smith noch eine Weile auf diese Grünschnäbel, die sich Detektive nannten.

„Beruhigen Sie sich. Hier ist ein neuer Detektiv für Sie.“

Dick zeigte bei diesen Worten auf Mary. Zu seinem größten Erstaunen wurde Smith nicht ungeduldig.

„Ich möchte fast sagen, daß die junge Dame mehr Verstand in ihrem kleinen Finger hat als die beiden in ihren großen Schädeln“, meinte er und sah sie nachdenklich an.

„Und ich möchte eine Frage an Sie richten, Mr. Smith“, begann sie. „Würden Sie mir alles sagen, was Sie über den Fall wissen? Ich glaube, ich kann Ihnen dann helfen.“

Dick war wieder erstaunt, daß der Chefinspektor die Sache sofort ernst nahm und nicht darüber scherzte.

„Warum sollten Sie mir nicht helfen können?“ erwiderte Smith. „Soll er es auch erfahren?“ Er zeigte mit dem Kopf auf Dick.

Sie zögerte.

„Ja, wenn Sie nichts dagegen haben. Sonst können wir ihn auch solange fortschicken.“

Als der Chefinspektor kam, war sie bereits umgezogen gewesen, und sie schlug jetzt vor, in ihre Wohnung zu gehen.

Marys Wohnung lag am Ende eines langen Korridors. Die junge Schauspielerin ging voraus, blieb aber plötzlich bestürzt stehen. Die Tür stand weit offen!

Der Chefinspektor zeigte auf das Schloß, das aufgebrochen worden war und nur noch an einer Schraube hing. Er betrat als erster die Wohnung und wollte das Licht andrehen, hatte aber keinen Erfolg.

„Die Sicherung ist herausgeschraubt – wo ist denn das Schaltbrett?"

Sie zeigte es ihm, und nachdem er einige Zeit daran herumhantiert hatte, ging das Licht wieder an.

Er trat hinaus in den Korridor, der an der Außenwand endete. Dort war ein Notausgang, der zur Feuerleiter führte. Die Tür war nicht verschlossen; eine Eisenleiter führte dicht daran vorbei und verschwand im Dunkeln.

Smith klingelte dem Fahrstuhlführer, aber der konnte keine Auskunft geben. Es war Sonnabend, und die meisten Leute im Haus waren aufs Land hinausgefahren, um das Wochenende dort zu verbringen. Soviel er wußte, waren keine Fremden hereingekommen.

Surefoot ging in die Wohnung zurück. In Marys Schlafzimmer herrschte große Unordnung. Alle Schubladen waren herausgezogen, und der Inhalt lag auf dem Fußboden und dem Bett verstreut. Im Wohnzimmer sah es ähnlich aus. Der kleine Schreibtisch, der dort stand, war aufgebrochen.

Mary schaute ärgerlich auf das Durcheinander, atmete aber erleichtert auf, als sie das Etui mit ihren Schmucksachen unversehrt in einem Schreibtischfach vorfand. Sie hatten einen Wert von über vierhundert Pfund.

Smith hatte seine Untersuchung auch auf die Küche ausgedehnt. Selbst der Abfalleimer und der Kohlenkasten waren durchstöbert worden. Und hier fand er einen wertvollen Anhaltspunkt. Die kleine Küchenuhr war von der Anrichte heruntergefallen und um elf Uhr fünfzehn stehengeblieben.

„Der Einbrecher ist also vor nicht ganz einer Stunde hier gewesen. Und er scheint es sehr eilig gehabt zu haben. Nun sagen Sie mir einmal, Miss Lane, wer kennt Ihre Wohnung? Ich meine, wer ist schon hier gewesen? Ihre Freundinnen wollen wir ausschalten, aber nennen Sie mir die Herren."

Sie hatte die wenigen Leute schnell aufgezählt.

„So, Mike Hennessey war auch hier? Hat er Sie oft besucht? Ich habe doch alle Räume gesehen?"

„Nein, im Badezimmer waren Sie noch nicht."

Er öffnete die Tür des kleinen Raumes und drehte das Licht an. Der Einbrecher war auch hier gewesen; das Waschbecken war noch halb mit Wasser gefüllt.

„Hallo, was ist denn das?"

Smith kniff die Augen zusammen.

Etwas rechts von dem Waschbecken sah er auf den weißen Wandkacheln einen roten Flecken, der sich noch feucht anfühlte. Auf dem Fußboden war nichts zu entdecken, aber an der Ecke der weißen Badewanne bemerkte er wieder eine rote Spur.

Hinter der Tür befand sich ein Kleiderhaken, und auch hier fand er rote Flecken.

„Der Einbrecher ist zuerst hier hineingegangen", sagte Smith langsam. „Er mußte die Hände waschen, und als er den Hahn aufdrehte, berührte er mit dem Ärmel die Wand. Es war Blut an seinen Kleidern. Er zog den Rock aus und legte ihn zuerst über die Badewanne, dann änderte er seine Absicht und hängte ihn an den Türhaken."

„Blut?" fragte Mary und starrte auf die roten Flecken. „Hat er sich vielleicht verletzt, als er einbrach?"

„Nein, dann hätten wir die Blutspuren schon in der Diele oder draußen auf dem Korridor gesehen. Übrigens ist die Glastür auf dem Korridor nicht aufgebrochen – ich möchte nur wissen, wie er mit dem Blut in Berührung gekommen ist."

Er dachte eine Weile nach.

„Ich kann es nicht herausfinden", sagte er dann.

Er ging in die Küche und betrachtete wieder die Uhr. Schon oft hatte er derartige Uhren gesehen, die plötzlich stehengeblieben waren; gewöhnlich war das jedoch von Leuten gemacht worden, um die Polizeibeamten irrezuführen. Aber als er die Uhr in der Hand hielt und sie untersuchte, wurden alle seine Zweifel beseitigt. Sie war nicht stehengeblieben, sie tickte noch; nur die Verbindung der Zeiger war zerstört, und das konnte kaum anders als durch einen Fall geschehen sein.

Mary war ihm gefolgt und beobachtete ihn, während er seine Nachforschungen anstellte.

„Wollen Sie mir nun alles sagen?" fragte sie ihn.

Surefoot Smith sah sie erstaunt an.

„Worüber?"

„Sie wollten mir doch alles mitteilen, was Sie über die Ermordung Mr. Lynes herausgebracht haben."

Er setzte sich auf die Ecke des Küchentisches und erzählte ihr in kurzen Worten, was er wußte.

Dick war inzwischen auch eingetreten und hörte erstaunt zu. Bis dahin hatte er alle Beamten von Scotland Yard, besonders Smith, für unzugänglich und schweigsam gehalten, und nun sprach dieser Mann rückhaltlos zu Mary, die sich auf einen Stuhl gesetzt und die Hände gefaltet hatte.

„Sind Sie mitgekommen?" fragte Surefoot zum Schluß. Im gleichen Augenblick sah er das verblüffte Gesicht Dick Allenbys und schaute ihn unliebenswürdig an.

„Sie halten es wohl nicht für richtig, daß ich der jungen Dame das alles sage? Aber beruhigen Sie sich. Jede Frau hat ein feines Gefühl, das eigentlich die Detektive besitzen müßten. Es hängt weniger mit Vernunft und Wissenschaft als mit einem sicheren Instinkt zusammen." Er wandte sich wieder an Mary. „Haben Sie irgendeine Vermutung über diesen Einbruch?"

Sie schüttelte den Kopf.

„Ich kann mir den Zusammenhang noch nicht vollkommen erklären, wenn ich auch weiß, warum meine Wohnung durchsucht wurde."

Surefoot nickte.

„Sie können sich nicht vorstellen, wie die Leute auf den Gedanken kamen, sie könnten hier etwas finden?"

Dick unterbrach ihn.

„Entschuldigen Sie, aber ich verstehe nicht ganz, worüber Sie sprechen. Was soll denn hier zu finden gewesen sein?"

„Die Bankabrechnung", erwiderte Mary, ohne aufzusehen.

Smith nickte, und ein breites Grinsen ging über sein Gesicht.

„Ja, deshalb wurde eingebrochen, aber ich weiß noch nicht recht, wie die Leute das wissen konnten", fuhr Mary fort.

Surefoot lachte.

„Ich bin der schlaue Mann, der es ausposaunt hat", erklärte er. „Ich habe heute nachmittag Mike Hennessey gegenüber erwähnt, daß Ihnen eine Bankabrechnung geschickt wurde. Ich verschwieg aber, daß ich das Papier in meiner Tasche hatte. Dadurch hätte ich ihm eine Menge Zeit und Mühe ersparen können. Es tut mir wirklich leid."

Er fuhr sich nervös mit der Hand durchs Haar und rutschte dann vom Tisch herunter.

„Die Blutflecken machen mir zu schaffen, die sehen übel aus."

Er ging aus dem Zimmer, und die beiden folgten ihm wieder ins Bad.

„Das war sein Ärmel, der an der Wand entlangstreifte. Man kann es deutlich sehen. Der Blutflecken hier kommt von seiner Hand, aber er ist zu sehr verwischt, als daß man noch einen Fingerabdruck davon nehmen könnte. Der Mann, der hier hereinkam, war nicht verletzt, und wahrscheinlich hatte er auch keine Ahnung, daß sein Rock blutig war.“

Surefoot nahm seine Taschenlampe heraus und untersuchte den Korridor. Aber dort konnte er nichts finden.

Erst bei dem Notausgang entdeckte er zwei neue Blutspuren, eine am Eisengeländer, die andere direkt unter dem Türfenster.

„Ich möchte einmal telefonieren“, sagte Smith.

Bald darauf war er mit Scotland Yard verbunden und gab Anordnung, alle Eisenbahnstationen zu überwachen und besonders scharfe Kontrollen in Dover, Harwich, Folkestone und Southampton durchzuführen.

„Ich glaube nicht, daß er versuchen wird, das Land zu verlassen. Es ist überhaupt merkwürdig, wie selten Verbrecher diesen Fluchtweg wählen.“

Der Chefinspektor bot Mary an, einen Beamten herzuschicken, der ihre Wohnungstür bewachen sollte. Sie lehnte es zunächst ab, aber er bestand darauf, und sie wußte, daß es keinen Zweck hatte, sich ihm zu widersetzen.

Auf dem Rückweg ging Smith zum Haus des alten Lyne, um noch einmal mit Binny zu sprechen. Der Butler lag schon längst im Bett, als der Detektiv läutete, und wollte zuerst nicht öffnen. Im Haus waren keine Polizeibeamten zurückgeblieben. Surefoot hatte alle Schriftstücke und Dokumente zum Scotland Yard bringen lassen, damit sie dort durchgesehen werden konnten. Das Schlaf- und das Arbeitszimmer des Ermordeten waren verriegelt worden.

Binny führte ihn in die Küche hinunter und legte einige neue Holzstücke auf das glimmende Feuer.

„Ich wußte zuerst nicht, wer so spät noch klingelte. Die letzten Erlebnisse haben mich nervös gemacht, und ich bekam sofort Herzklopfen“, entschuldigte er sich, als er den Chefinspektor in den kleinen Raum führte.

„Mr. Smith“, fragte er dann ängstlich, „hat mir der alte Lyne in seinem Testament etwas vermacht? Ich habe gehört, daß Sie es gefunden haben, und ich wäre nicht sehr überrascht, wenn er es nicht getan hätte. Er sorgte sich wenig um seine Dienstboten. Mir hat er nicht viel Angenehmes gesagt, im Gegenteil, aber man kann nicht wissen –“

„Ich habe das Schriftstück noch nicht ganz durchgelesen“, entgegnete Smith, „aber ich kann mich nicht besinnen, Ihren Namen gesehen zu haben.“

Binny seufzte.

„Es war der Traum meines Lebens, daß mir jemand mal ein kleines Vermögen vermachen würde“, erklärte er dramatisch. „Ich bin stets ein guter Diener gewesen und habe mich in jeder Weise um ihn gekümmert – ich habe ihm sein Essen gekocht, habe das Bett gemacht, habe alles für ihn getan . . .“

Smith nahm eine Schachtel Zigaretten aus der Tasche und schob sie über den Tisch. Binny seufzte, nahm sich eine und steckte sie an.

„Ich glaube, in einer Weise können Sie mir helfen“, meinte der Detektiv. „Erinnern Sie sich noch an Mr. Morans Besuch?“

Binny nickte.

„Wissen Sie, warum er den alten Lyne besuchte?“

Der Butler zögerte einen Augenblick.

„Genau weiß ich das nicht, aber vermutlich hatte sein Besuch mit der Bankabrechnung zu tun. Mr. Lyne war ein merkwürdiger alter Mann. Er wollte eigentlich nie jemanden empfangen, und wenn es trotzdem geschah, war er unhöflich und grob zu den Leuten.“

„Verhielt er sich gegen Mr. Moran auch so?“

„Ich möchte nicht gern aus der Schule plaudern, Mr. Smith, aber ich glaube, er hat ihn ziemlich angefaucht.“

„Ach, haben Sie an der Tür gelauscht?“

Binny lächelte und schüttelte den Kopf.

„In dem Fall brauchte ich nicht zu lauschen." Er zeigte auf die Decke. „Das Arbeitszimmer liegt hier drüber. Wenn sich Leute dort in gewöhnlicher Weise unterhalten, kann man hier nichts hören, aber Mr. Lyne hat ziemlich laut gesprochen, ja sogar gebrüllt. Und das war natürlich sehr gut zu verstehen."

„Kennen Sie Moran?"

Binny nickte.

„Kennen Sie ihn sehr gut?"

„Ja, ich war doch sein Diener."

„Ach ja, ich besinne mich darauf."

Der Chefinspektor biß nachdenklich auf seine Unterlippe.

„Hat er mit Ihnen gesprochen, nachdem er aus dem Zimmer des alten Lyne kam?"

„Ich möchte nicht gern jemand in Ungelegenheiten bringen –", erwiderte Binny zögernd.

„Es ist wirklich schrecklich mit Ihnen, daß Sie nicht anständig antworten können! Sagen Sie doch ja oder nein. Haben Sie ihn nachher gesehen?"

„Ja. Ich ging gerade zur Haustür und nahm einen Brief in Empfang, als Moran die Treppe herunterkam. Mr. Smith, ich will Ihnen alles erzählen. Mr. Moran hat mir etwas Sonderbares gesagt. Er bat mich, darüber zu schweigen, daß er hier im Hause war, und gab mir zwanzig Schilling. So, nun wissen Sie alles, was ich weiß. Ich wunderte mich damals darüber, aber Sie können mir glauben, er war nicht der erste, der mich darum ersucht hat."

„Das kann ich verstehen."

Auf dem kleinen Tisch in der Nähe der Wand lag ein Päckchen. Surefoot hatte einen guten Geruchssinn und wußte sofort, daß es Fensterkitt enthielt. Er zeigte darauf.

„Wozu haben Sie das gebraucht?“

Binny sah ihn verwundert an.

„Meinen Sie den Fensterkitt?“

„Haben Sie denn eine Scheibe eingesetzt?“

„Nein, das hat der Glaser getan, aber ich habe heute morgen das Kellerfenster zerbrochen und wollte nicht gern jemand rufen. Deshalb habe ich es selbst repariert.“

„Merkwürdig, daß in diesem Haus immer Fenster zerbrochen werden! Warum haben Sie der Polizei nicht gemeldet, daß Leute versuchten, in das Haus einzubrechen? Ach so, ich weiß schon, Mr. Lyne wollte es nicht haben.“

Als der Chefinspektor wieder ins Freie trat, untersuchte er das Grundstück genauer, als er es jemals bei Tageslicht getan hatte. Er ging zur Rückseite des Hauses und dann die kleine hintere Straße entlang. Dabei entdeckte er, wie leicht es für einen Einbrecher war, in das Gebäude zu kommen. Die hintere Front war nicht wie bei den meisten Nachbarhäusern durch einen Garagenbau geschützt, sondern ohne weiteres für jedermann zugänglich, der über die Mauer stieg oder die Tür zum Hof mit einem Nachschlüssel öffnete.

Surefoot Smith runzelte die Stirn. Der Einbruch mußte in derselben Nacht verübt worden sein, in der Tickler ermordet wurde. Bestand irgendein Zusammenhang zwischen diesen beiden Ereignissen?

Er ging zurück zum Scotland Yard, um die eingelaufenen Berichte entgegenzunehmen, und fand zu seiner Enttäuschung, daß alle Nachforschungen ergebnislos verlaufen waren. Das Polizeipräsidium in Berlin konnte keine Nachrichten über Moran geben, und es waren auch keinerlei Nachrichten über Dornford eingelaufen.

Smith öffnete den Safe, der in der Ecke seines Büros stand, nahm den Glacéhandschuh mit dem Schlüssel heraus und legte beides auf den Tisch. Der Schlüssel war ihm ein Rätsel. Warum mochte man ihn nur so mühsam und doch so nachlässig mit Silberbronze angepinselt haben?

Surefoot zog einen großen, frischen Bogen Löschpapier aus einer Schublade seines Schreibtisches, um sich in gewohnter Weise Klarheit über den Stand der Untersuchungen zu verschaffen.

Tickler war ermordet worden, ebenso der alte Lyne, beide vermutlich von demselben Täter. Obwohl Smith keinen Anhaltspunkt dafür hatte, verband er die beiden Morde miteinander. Leo Moran war allem Anschein nach geflohen, weil er ein schlechtes Gewissen hatte. Der Chefinspektor konnte ohne weiteres Anklage wegen Betrugs und Unterschlagung gegen ihn erheben. Das Verschwinden des Bankdirektors traf zeitlich zusammen erstens mit dem Tod Lynes, zweitens mit der Entdeckung, daß Lynes Bankkonto schwer geschädigt worden war.

War Moran überhaupt in Berlin? Irgend jemand hatte doch hier in London versucht, die gefälschte Bankabrechnung zurückzubekommen. Der Betreffende hatte sich zu diesem Zweck die Mühe gemacht, in Mary Lanes Wohnung einzubrechen. Wer mochte es nur gewesen sein? Einer wußte jedenfalls, oder er glaubte zu wissen, daß sich diese Bankabrechnung in Marys Wohnung befand – Mike Hennessey.

Das Betragen dieses Mannes am vergangenen Nachmittag war sehr auffällig gewesen. Bestimmt wußte er, wer Washington Wirth in Wirklichkeit war, und dieser Washington Wirth war ein Mörder, wahrscheinlich sogar ein Doppelmörder.

Der Chefinspektor schrieb alle diese Schlußfolgerungen auf, strich etwas aus, wenn er eine Verbesserung fand, notierte in seiner merkwürdigen Stenographie, was er darüber dachte, strich dann alles wieder aus und begann von neuem. Er machte einen kleinen Kreis und schrieb „Mary“ hinein; drei weitere Kreise bezeichneten Dick Allenby, Dornford und Moran. An den unteren Rand der Seite malte er einen fünften für Lyne. Wie waren diese Personen nun miteinander verbunden, und welche Beziehungen bestanden zwischen den vier oberen und dem unteren?

Schließlich zeichnete er dazwischen noch einen großen Kreis, der Mike Hennessey darstellen sollte. Mike stand in Verbindung mit Washington Wirth, mit Mary Lane und wahrscheinlich auch mit Moran. Die letzte Schlußfolgerung strich er aus und fing wieder von vorne an.

Nach einer Weile wurde er müde, legte den Bleistift nieder und lehnte sich mit einem Seufzer in seinen Sessel zurück. Er wollte gerade den Schlüssel nehmen, als plötzlich das elektrische Licht ausging.

Smith war nicht überrascht, er hatte das erwartet. Die Birne hatte in den letzten Tagen schon trübe gebrannt und mußte ersetzt werden.

Er erhob sich, um zu klingeln, blieb aber plötzlich wie gebannt stehen. In der Dunkelheit leuchtete der Schlüssel in grün phosphoreszierendem Licht auf. Griff und Bart waren genau zu unterscheiden. Nun verstand Smith. Der Schlüssel war nicht mit Bronze, sondern mit Leuchtfarbe angestrichen.

Surefoot ließ eine neue Birne einschrauben und betrachtete nun den Schlüssel mit großem Interesse. Dann machte er wieder Notizen auf dem schon reichlich vollgeschriebenen Löschblatt. Die Sache klärte sich jetzt ein wenig.

Nach einer Weile klingelte das Telefon. Smith nahm den Hörer ab, ging dann zur Tür und rief den diensttuenden Beamten. „Schicken Sie Mr. Allenby in mein Büro."

Er sah auf die Uhr, die zwanzig Minuten nach zwölf zeigte, und wunderte sich, warum Dick zu dieser Zeit noch nach Scotland Yard kam. Vielleicht war seine Luftpistole wiedergefunden worden.

„Ich war gespannt, ob ich Sie hier treffen würde", sagte Dick, als er eintrat und die Tür hinter sich schloß. „Ich hätte telefoniert, aber ich fürchtete, die Zentrale würde mich nicht mit Ihnen verbinden."

„Was gibt es denn?" fragte Smith neugierig.

Dick lächelte.

„Nichts Besonderes, nur bin ich – nein, Mary ist von Hennesseys Haushälterin angerufen worden."

„Ist er nicht heimgekommen?"

„Sie erwartete ihn nicht zu Hause. Sie hat vom Waterloo-Bahnhof aus angeläutet, wo sie seit neun Uhr mit Mikes Koffern steht. Er hatte die Absicht, nach Le Havre zu fahren, und sie sollte ihm das Gepäck an den Zug bringen. Bis Mitternacht hat sie gewartet, dann wurde es ihr zu lange, und sie rief verschiedene Bekannte Mikes an, darunter auch Mary. Glücklicherweise war ich noch bei ihr, als der Anruf kam."

„Sind Sie zu Mikes Wohnung gegangen?"

„Nein, das war nicht notwendig. Er hatte ein möbliertes Zimmer in der Doughty Street, bezahlte die Miete und gab die Wohnung heute abend auf. Allem Anschein nach wollte er in größter Eile abreisen, er hat erst am Nachmittag angefangen zu packen."

„Nachdem er mit mir gesprochen hat." Surefoot strich über sein Kinn. „Das ist allerdings merkwürdig. Ich kann wohl verstehen, daß er fort wollte – aber er wäre nicht weiter als bis Southampton gekommen. Ich hatte die Häfen bereits verständigt."

„Wollten Sie ihn verhaften?" fragte Dick erstaunt.

„Das ist gar nicht notwendig", erwiderte Surefoot müde. „Man braucht nicht alle Leute gleich zu verhaften, die man nicht aus England hinauslassen will. Ihre Pässe sind eben nicht in Ordnung – entweder steht das Visum auf der falschen Seite, oder die Stempelmarke ist verkehrt aufgeklebt und so weiter. Es gibt die verschiedensten Wege, Leute, die man nicht außer Land lassen will, an der Grenze anzuhalten."

Es klopfte an der Tür, und ein Inspektor trat ein.

„Die Polizei von Buckinghamshire meldet eben einen Fall, der nach Ihrem Herzen sein wird, Surefoot. Sieht ganz nach Mord aus, wie ihn die amerikanischen Banden verüben."

Surefoot sprang sofort auf.

„Was, ein amerikanischer Bandenmord? Wissen Sie etwas von den näheren Umständen?"

„Jemand hat den armen Teufel auf eine Autofahrt mitgenommen, ihm aus nächster Nähe eine Kugel durch den Kopf gejagt und ihn dann während der Fahrt auf den Gehsteig geworfen."

„Wo hat sich das abgespielt?"

„In Colnbrook, auf dieser Seite von Slough. Ein großes Auto kam vorüber. Die Insassen sahen im Licht der Scheinwerfer den Mann auf dem Gehsteig liegen und meldeten es der Polizei. Der Mann konnte kaum eine halbe Stunde tot sein, als die Beamten an Ort und Stelle kamen."

„Wie sieht er denn aus?"

„Ein ziemlich großer Mann von etwa fünfundvierzig Jahren, trägt eine grüne Krawatte –"

„Donnerwetter, Mike Hennessey hat heute nachmittag auch eine grüne Krawatte getragen –"

17

Mike Hennessey sah ruhig und würdevoll aus, als er auf der Bahre lag. Surefoot Smith trat aus dem kleinen, düsteren Gebäude und wartete, bis der Polizeisergeant die Tür abgeschlossen hatte. Dick war auf der Wache geblieben. Er hatte genug Schrecken für eine Nacht erlebt und Smith deshalb nicht zum Leichenschauhaus begleitet.

„Ja, es ist tatsächlich Mike", sagte Surefoot. „Der Mord wurde ungefähr um zehn Uhr fünfzehn begangen. Die Zeit wird durch die Insassen des großen Wagens bestätigt, die Hennessey liegen sahen. Ein Motorradfahrer, der in dem nahen Dorf wohnt, berichtete der Polizei, er habe kurz vorher eine kleine Limousine an der Stelle warten sehen, wo Mike später gefunden wurde. Der große Wagen hat später kein anderes Auto auf der Landstraße überholt. Ich nehme daher an, daß die Limousine umgekehrt ist, nachdem der Tote auf die Straße geworfen war. Der Mörder war auch der Mann, der in Miss Lanes Wohnung eingebrochen ist", fuhr Smith ernst fort. „Sein Rock muß mit Blut befleckt gewesen sein, ohne daß er es wußte. Er hat es erst entdeckt, als er das Bad durchsuchte. Dabei kam er mit dem Ärmel an die Wand, zog dann den Rock aus und wusch sich die Hände."

„Aber irgendein Garagenbesitzer muß doch wissen, in welchem Auto die Tat verübt wurde, wenn wirklich Blut geflossen ist. Das Innere ist sicher vollständig beschmutzt", meinte Dick.

Surefoot nickte.

„O ja, den Wagen werden wir schon bekommen. Es wurden in der Nacht drei Autos gestohlen, auf die die Beschreibung ungefähr paßt. Ich habe mich mit Scotland Yard verbinden lassen und erfahren, daß man ein leeres Auto in Sussex Gardens gefunden hat."

Ein schneller Polizeiwagen brachte die beiden nach Paddington, und die Vermutung des Chefinspektors bestätigte sich. Es war das Auto, das der Täter benutzt hatte. Man sah deutlich, daß jemand darin ermordet worden war. Aber weitere Anhaltspunkte ergaben sich nicht.

„Wir wollen das Steuer nach Fingerabdrücken absuchen, aber Mr. Washington Wirth hat sicher Handschuhe getragen."

„Dadurch ist Moran doch nun außer Verdacht?"

Surefoot lächelte.

„Wo ist Moran eigentlich? In Deutschland – ebensogut mag er auch in London sein. Man kann ja heutzutage Deutschland mit dem Flugzeug in wenigen Stunden erreichen und noch schneller wieder zurückkehren. Außerdem steht noch gar nicht sicher fest, daß Moran tatsächlich mit jener Maschine abgeflogen ist."

Dick Allenby war bestürzt und um Mary Lanes Sicherheit besorgt. Er deutete das an, und Surefoot Smith gab ihm recht.

„Ich halte es auch nicht für gut, daß sie in ihrer Wohnung bleibt. Vielleicht besitzt sie noch andere Dinge, die mit dem Verbrechen in Zusammenhang stehen, und da sie sich jetzt mit der Aufklärung beschäftigt, wird sie unserem Freund am Ende gefährlich.“

Dick begleitete Smith zu der Polizeiwache, wohin der Wagen gebracht worden war. Sie fanden dort die Beamten bereits an der Arbeit. Die üblichen Untersuchungen wurden angestellt; Fotografen machten ihre Aufnahmen, und Automechaniker untersuchten den Kilometerzähler. Der Eigentümer, den man sofort aufgefunden und zur Polizei gebracht hatte, war ein gewissenhafter Mann. Er wußte, wieviel Kilometer gefahren waren, bevor man ihm den Wagen stahl, und diese Angabe bedeutete eine große Hilfe.

Dick Allenby trat näher heran, als einer der Leute gerade ein Kissen vom Führersitz nahm.

„Hallo!“ sagte er und sah über die Schulter des Mannes. Er hatte ein silbernes Zigarettenetui entdeckt, das gleich darauf Surefoot überreicht wurde.

Es war leer, trug im Innern aber eine Inschrift, die gut zu lesen war:

„Mr. Leo Moran von seinen Kollegen, Mai 1920.“

Surefoot betrachtete den kleinen Behälter von allen Seiten. An manchen Stellen war das Etui verbeult und blankgescheuert. Entweder war es häufig benutzt oder kürzlich gereinigt worden.

Surefoot hatte ein Stück Papier genommen und hielt es damit fest, um keine Fingerabdrücke zu machen. Schließlich wickelte er es vorsichtig darin ein.

„Vielleicht können wir einen Fingerabdruck darauf finden“, meinte er. „Aber ich glaube es kaum. Merkwürdig, daß wir das Ding unter dem Sitzkissen fanden.“

„Es ist ja möglich, daß er es unter das Kissen gesteckt und später vergessen hat.“

Surefoot schüttelte den Kopf.

„Es ist nicht sein Wagen. Das Auto wurde doch gestohlen. Mike Hennessey hat vermutlich während der Fahrt oder kurz vorher dem Mörder von der Bankabrechnung erzählt, die sich bei Miss Lane befinden sollte. Der Mann hat Hennessey dann zu sich in den Wagen genommen und ihn erledigt. Übrigens glaubte Mike, sein Begleiter würde nach Southampton fahren, um seinen Dampfer zu erreichen. Das Auto hat an einer Tankstation am Ende der Great West Road gehalten. Hennessey stieg aus und telefonierte von dort aus mit seiner Wohnung, wahrscheinlich mit seiner Haushälterin, daß sie ihm das Gepäck auf den Bahnhof bringen sollte. Der Mörder hat sich dann Hennesseys so schnell wie möglich entledigt, ist in die Stadt zurückgefahren und hat Mary Lanes Wohnung durchsucht. Allem Anschein nach ist er früher schon dort gewesen –"

„Dann könnte es tatsächlich Moran gewesen sein", meinte Dick.

Surefoot zögerte.

„Das ist nicht vollkommen bewiesen. Auf jeden Fall hat er aber nach der Bankabrechnung gesucht. Außerdem hat er früher in Amerika gelebt. Sind Sie mit meinen Schlußfolgerungen zufrieden?"

„Woher wissen Sie das nun schon wieder?"

„Es ist ein typischer Bandenmord, wie sie in Amerika zu Dutzenden vorkommen."

Smith fuhr mit Dick zurück und war auffallend gesprächig.

„Hennessey war von Anfang an in die Sache verwickelt. Er wußte genau, wer Washington Wirth war; er wußte, daß Wirth Schecks fälschte, und er zog seinen Vorteil daraus, indem er den Mann erpreßte. Ich werde übrigens Miss Lane den Schlüssel und den Scheck zeigen."

Dick hörte zum erstenmal etwas von dem Schlüssel.

Als Surefoot Smith zum Scotland Yard kam, lagen alle Sachen, die der Ermordete bei sich gehabt hatte, auf einem Tisch: ein Notizbuch, einige

Papiere, ungefähr zwanzig Pfund in bar, eine Uhr mit Kette, ein Schlüsselring. Mike hatte aber sicher nicht die Absicht gehabt, mit einer so geringen Barschaft auf eine weite Reise zu gehen. Surefoot vermutete deshalb, daß der Mörder sich den größeren Teil des Geldes angeeignet hatte.

Unter den Papieren befand sich eine aus einem Kursbuch gerissene Seite, auf der mit Bleistift verschiedene Züge angestrichen waren. Daraus ergab sich, daß Hennessey nach Wien hatte fahren wollen.

Das nächste Blatt, das der Chefinspektor in die Hand nahm, war interessanter. Es standen viele Zahlen darauf. Surefoot hatte ein gutes Gedächtnis und erkannte sofort die Zahlen, die in der Bankaufstellung eine Rolle gespielt hatten. Das Papier war sehr abgegriffen und mußte häufig benutzt worden sein.

Smith war erstaunt. Warum hatte sich Mike die Mühe genommen, die Summen der Schecks zu notieren und aufzuheben? Offenbar wußte er etwas von der Bankabrechnung; vielleicht hatte er sie selbst aufgestellt. Wenn sie aber eine Fälschung war, brauchte er doch dieses Stück Papier mit den Zahlen nicht aufzubewahren. Entweder hatte er die Angaben im Moment erfunden, oder er hatte irgendein Buch, in dem er die Fälschung und die wirkliche Summe, die Lynes Bankguthaben ausmachen mußte, eintrug.

In der Frühe des nächsten Morgens telefonierte er mit Mary Lane, die eine unruhige Nacht verbracht hatte.

Die Nachricht, daß ein Polizeibeamter auf dem Korridor vor ihrer Wohnung, ein anderer unten an der Feuerleiter wachte und ein dritter vor dem Haus auf- und abpatroullierte, munterte sie auch nicht auf.

„Kommen Sie bitte zu mir", sagte sie und atmete erleichtert auf, als sie hörte, daß er sie sofort aufsuchen wollte. Sie brauchte dringend seinen Rat.

Surefoot hatte am Morgen keine weiteren Neuigkeiten erfahren. Eine Durchsuchung von Hennesseys Wohnung war ohne Ergebnis geblieben.

Papiere und Dokumente hatte man nicht gefunden, und ein altes Bankbuch sagte ihm auch nicht mehr, als daß Hennessey seit drei Jahren von der Hand in den Mund gelebt hatte.

Er war nicht gerade in der besten Stimmung, als er Marys Wohnung betrat.

„Es sieht tatsächlich so aus, als ob wir moderne wissenschaftliche Methoden anwenden müßten, um weiterzukommen", meinte er düster, als er ein Päckchen aus der Tasche zog und auf den Tisch legte. „Vielleicht können Sie etwas daraus machen?"

Er öffnete den kleinen Lederbeutel und nahm den Schlüssel heraus, dann zog er den Scheck aus seiner Brieftasche und legte ihn auf den Tisch.

Sie prüfte die Bleistiftnotiz auf der Rückseite und nickte.

„Das ist Mr. Lynes Handschrift. Ich sagte Ihnen schon, daß ich als junges Mädchen in seinem Haus lebte. Ich habe sogar eine Zeitlang seinen Haushalt geführt. Aber das Zusammenleben mit ihm war wirklich nicht angenehm."

„Warum?"

Sie zögerte.

„Er hatte zum Beispiel seit vierzig Jahren dieselben Kaufleute, bei denen er seine Waren bezog. Er wechselte sie nicht, und trotzdem hatte er dauernd mit ihnen Auseinandersetzungen wegen der Rechnungen."

Sie nahm den Schlüssel in die Hand und betrachtete ihn.

„Halten Sie es für Selbstüberhebung, wenn ich Ihnen sage, daß ich meiner Meinung nach den Mörder von Mr. Lyne finden kann?"

„Ich würde es für sehr unklug halten, wenn Sie es auf eigene Faust versuchen wollten", erklärte Smith offen. „Der Mörder ist ein Mensch, mit dem man nicht spaßen kann."

„Das weiß ich wohl. Aber lassen Sie mir eine Woche Zeit für meine Nachforschungen."

„Ist es nicht besser, Sie sagen mir jetzt gleich, wen Sie verdächtigen?"

„Nein, dann mache ich mich vielleicht lächerlich, und das möchte ich nicht."

Smith biß sich auf die Unterlippe.

„Sie können die Sachen nicht behalten –", begann er.

„Ich brauche sie auch nicht", entgegnete sie schnell und entschlossen. „Sie meinen doch den Scheck und den Schlüssel? Wäre es aber zuviel verlangt, wenn ich Sie um ein Duplikat des Schlüssels bäte? Sobald ich das dazu passende Schlüsselloch finde, gebe ich Ihnen Bescheid."

Er sah sie erstaunt an.

„Glauben Sie denn, Sie finden das Schloß?"

Sie nickte.

Surefoot seufzte:

„Solche romantischen Geschichten machen mich krank. Aber ich will Ihren Wunsch gern erfüllen."

Zwei Tage später erhielt Mary Lane einen nagelneuen Schlüssel und begann ihre Nachforschungen. Sie ahnte nicht, daß sie auf Surefoots Anordnung hin Tag und Nacht von drei Detektiven bewacht wurde.

Am dritten Tag nach der Ermordung Mike Hennesseys stiegen plötzlich die Aktien von Cassari-Petroleum, die in den letzten fünf Jahren zwischen dreiundzwanzig und siebenundzwanzig Schilling geschwankt hatten. Der Nennwert betrug vierzig Pfund pro Aktie. Das Ölfeld lag in Kleinasien, und man hatte immer genug Petroleum gefunden, so daß die Gesellschaft nicht zusammenbrach; aber es war nicht genug, um den vollen Wert der Aktien zu garantieren.

Mary las die große Überschrift „Sensationelle Hausse in Cassari-Petroleum" im Handelsteil der Zeitung und rief Mr. Smith an.

„Also Ihrer Meinung nach waren das die Aktien, die Sie damals auf Moran übertrugen?“ fragte er interessiert. „Wie hoch wurden sie gestern notiert? Ich habe die Zeitung nicht gelesen.“

Sie waren über Nacht von fünfundzwanzig auf fünfundneunzig Schilling gestiegen, und als Surefoot Smith einen Geschäftsmann in der City anrief, hörte er zu seinem Erstaunen, daß sie bereits auf dreißig Pfund standen und jede Minute höher kletterten. Um den Grund für diese plötzliche Hausse zu erfahren, suchte er einen Bekannten in der Old Broad Street auf, der ihm gewöhnlich über finanzielle Angelegenheiten Informationen gab.

Etwa vor drei Monaten hatte die Gesellschaft eine neue Petroleumquelle angebohrt, und es wurden dauernd neue Bohrtürme errichtet. Allem Anschein nach hatte man unerwartet große Ölmengen gefunden, diese Nachricht aber zunächst unterdrückt, bis die Gesellschaft heimlich alle im freien Handel befindlichen Aktien aufgekauft hatte.

„Sie werden wahrscheinlich auf hundert Pfund steigen, und wenn es Ihnen möglich ist, gebe ich Ihnen nur den Rat, auch Cassari zu kaufen. Sie machen Geld damit.“

„Wer steht denn hinter dieser Hausse?“ fragte der Chefinspektor.

Der Börsenmann schüttelte den Kopf.

„Wenn ich versuchen wollte, die Namen auszusprechen, würde ich mir die Zunge abbrechen. Es sind meistens Türken – Effendis, Paschas und so weiter. Sie können die Namen finden, wenn Sie im Börsenjahrbuch nachschlagen. Es sind solide, zuverlässige Geschäftsleute. Fast alle Millionäre, so sicher wie die Bank von England. Diese Hausse ist kein Scheinmanöver. Die Gesellschaft hat in London kein besonderes Büro. Jolman & Joyce sind ihre Agenten.“

Surefoot sprach bei dieser Firma vor. Das Haus war von vielen Leuten belagert, aber er sandte seine Karte hinein und wurde auch sofort von Joyce empfangen.

„Ich kann Ihnen kaum mehr berichten, als auch schon in der Zeitung steht, Mr. Smith. Es sind wenig Aktien auf dem Markt. Der einzige, der in London eine große Menge davon besitzt, ist ein gewisser – Leo Moran."

18

Für Surefoot war es keine Neuigkeit, daß Leo Moran an Börsengeschäften interessiert war. Moran war gerissen. In diesem Ruf stand er sowohl bei der Bank als auch bei seinen Freunden. Soweit Surefoot ihn kannte, war er unberechenbar; er konnte sehr großzügig gegen andere sein, ließ sich jedoch durch seine Schlauheit häufig dazu verleiten, die Grenze des Erlaubten zu überschreiten. Er mochte ein Mörder sein; ein Fälscher war er bestimmt, außerdem ein egoistischer Junggeselle, der kaum ein anderes Steckenpferd als Schießen und das Theater hatte.

Noch bevor Surefoot Smith das Büro des Maklers verließ, hatte er sich ausgerechnet, daß Moran – wenigstens auf dem Papier – ein Millionär geworden war. Über eins wunderte er sich: Moran hatte dauernd Aktien gekauft, und seine Finanzmanöver erstreckten sich über all die Jahre, in denen er Unterschlagungen begangen hatte. Trotzdem hatte er nur eine verhältnismäßig kleine Summe, nur einen geringen Prozentsatz seines Geldes zum Ankauf der Cassari-Aktien benutzt. Er mußte noch in anderen Aktien spekulieren; Smith konnte sich jedoch im Augenblick darüber keine Gewißheit verschaffen.

Der Chefinspektor kehrte in seine Wohnung am Haymarket zurück und war erstaunt, als er Mary Lane, die ihn besuchen wollte, vor dem Hause fand.

„Ich bin auch eben erst gekommen", erklärte sie: „Ich habe mich zuerst an Ihren Sekretär gewandt, und der sagte mir, daß Sie wahrscheinlich in Ihrer Wohnung seien."

Er schloß die Tür auf und führte sie in sein unaufgeräumtes Wohnzimmer.

„Haben Sie etwas herausgebracht?“ erkundigte er sich.

Sie schüttelte den Kopf und lächelte verlegen.

„Nein, ich habe bis jetzt nur erkannt, wie beschränkt meine Fähigkeiten als Detektiv sind.“

Sie setzte sich auf den Stuhl, den er ihr anbot.

„Also wollen Sie es aufgeben?“

Sie zögerte einen Augenblick.

„Nein.“

Es kostete sie Überwindung, dieses Nein zu sagen, denn am Morgen war sie schon halb entschlossen gewesen, einen Brief an den Chefinspektor zu schreiben und ihm den Schlüssel zurückzuschicken. Aber während des Frühstücks war dann ihr Selbstbewußtsein zurückgekehrt.

„Nun, was kann ich für Sie tun?“

„Wäre es Ihnen möglich, mir eine Liste all der größeren Schecks zu geben, die Mr. Washington Wirth auf das Konto meines Vormunds zog? Ich möchte gern die Daten wissen, an denen sie ausgestellt wurden. Darauf kommt es mir besonders an. Wenn meine Vermutung richtig ist, sind sie alle am Siebzehnten des jeweiligen Monats ausgestellt.“

Surefoot lehnte sich in seinem Stuhl zurück und sah sie groß an.

„Das ist mir ein wenig zu wissenschaftlich“, sagte er vorwurfsvoll.

Sie lachte.

„Es klingt geheimnisvoll, aber im Ernst, ich möchte es wissen.“

Er nahm den Hörer vom Telefon und wählte eine Nummer.

„Merkwürdig genug, daß ich nie daran gedacht habe, mir die Ausstellungsdaten der Schecks anzusehen.“

Sie merkte, daß er ein wenig gekränkt war, und amüsierte sich heimlich darüber.

Die Bank meldete sich. Dann dauerte es einige Zeit, bis ihm der Kassierer die nötigen Angaben machte.

Die Schecks waren tatsächlich am 17. Februar, 17. April, 17. Mai und 17. Dezember des vorigen Jahres ausgestellt. Surefoot notierte, legte dann den Hörer wieder auf und reichte ihr den Zettel.

„Ich dachte es mir“, sagte sie, und ihre Augen glänzten. „Alle Schecks sind am Siebzehnten ausgeschrieben.“

„Glänzend, daß Ihre Vermutung so prompt zutrifft. Vielleicht erklären Sie mir jetzt auch, was das zu bedeuten hat?“

Sie nickte.

„In einer Woche erfahren Sie es, inzwischen stelle ich noch einige Nachforschungen an. Aber über einen andern Punkt möchte ich noch mit Ihnen sprechen.“ Ihre Stimme klang erregt. „Ich weiß nicht, ob ich es mir nur einbilde, aber ich habe das Gefühl, daß ich beobachtet werde. Ich bin sicher, daß mir gestern ein Mann gefolgt ist. In der Oxford Street verlor ich ihn aus den Augen, aber als ich in der Regent Street in ein Schaufenster sah, entdeckte ich ihn wieder, einen Mann mit abstoßenden Zügen.“

Der Chefinspektor lächelte.

„Das ist Detektivinspektor Mason. Ich weiß, daß er etwas abstoßend aussieht.“

„Was, ein Detektiv?“ fragte sie verblüfft.

Surefoot nickte.

„Selbstverständlich muß ich Sie doch behüten. Sie werden beobachtet, aber nicht weil Sie unter Verdacht, sondern unter dem Schutz Scotland Yards stehen.“

Sie seufzte erleichtert auf.

„Sie wissen nicht, wie mich das beruhigt. Ich bin schon ganz nervös geworden. Beinahe wäre ich gestern schon aus diesem Grund zu Ihnen gekommen.“

*

Dick ärgerte sich über Marys neue Tätigkeit, da er sie selten zu Hause antraf. Er beschwerte sich bei Surefoot darüber und fragte ihn um Rat.

„Das ist doch eine furchtbar gefährliche Geschichte", beklagte er sich. „Dieser Verbrecher scheut vor nichts zurück. Vielleicht denkt er noch immer, daß sie die Abrechnung in ihrem Besitz hat."

„Haben Sie denn die junge Dame überhaupt gesehen?"

Surefoot öffnete geschickt eine neue Flasche Bier. Er saß auf der Werkbank in Dicks Arbeitsraum.

„Ja, gesehen habe ich sie schon. Sie wünscht, daß ich ihr Binny leihen soll."

„Binny leihen? Was heißt denn das?"

„Nun, Binny steht jetzt in meinen Diensten. Sie sagt, sie will Nachforschungen anstellen nach einer früheren Angestellten meines Onkels, die unter einem angenommenen Namen in Newcastle wohnt. Binny soll dorthin reisen und sie ausfindig machen. Ich habe mit ihm darüber gesprochen – er kann sich auf die Frau besinnen. Sie hat ihre Stelle aufgegeben, kurz nachdem er seinen Dienst antrat, und sie war damals schon recht alt. Anscheinend hatte sie einen ungeratenen Sohn. Binny kann sich nicht an ihn erinnern, aber Mary weiß das noch sehr gut. Die alte Frau muß beinahe neunzig Jahre alt sein und lebt im Norden Englands. Mary will nun Binny hinschicken. Er soll feststellen, ob sie sich nicht geirrt hat."

Smith sah ihn düster an.

„Davon hat sie mir nichts gesagt. Binny ist also jetzt bei Ihnen angestellt? Das Haus haben Sie ja wohl auch geerbt? Was wollen Sie denn damit machen?"

„Ich werde es verkaufen", entgegnete Dick prompt. „Ich habe bereits ein Angebot."

In dem Augenblick klopfte es an der Tür. Der Hausmeister kam herein und brachte ein Telegramm für Mr. Allenby.

Dick öffnete es und las verwundert die Nachricht. Ohne ein Wort zu sagen, reichte er das Blatt dann Surefoot. Es war in Sunningdale aufgegeben und lautete:

In Sachen der Ihnen gestohlenen patentierten Luftpistole. Waffe, genau Beschreibung entsprechend, wurde in Toyne Copse auf dem Boden einer Grube unter einem Toten gefunden, in dem man Gerald Dornford aus der Half Moon Street vermutet. Bitte wenden Sie sich sofort an Polizeiwache Sunningdale zwecks Identifizierung Ihres Eigentums.

19

Dick fuhr mit Surefoot nach Berkshire. Er erkannte in dem verrosteten Stahlkasten sofort sein Eigentum wieder, überließ aber dem Chefinspektor die anderen traurigen Feststellungen.

Surefoot kam zurück, nachdem er den Fundort der Leiche und die nähere Umgebung besichtigt hatte. Das Auto Jerry Dornfords wurde, weniger als hundert Meter von der Stelle entfernt, in einem kleinen Gebüsch entdeckt.

„Es ist Dornfords Wagen, und ich glaube, man kann ohne große Schwierigkeiten rekonstruieren, wie er den Tod fand“, sagte Surefoot. „Eine Abendzeitung lag im Auto, und zwar von dem Tag, an dem der alte Lyne ermordet wurde.“

„Der arme Kerl! Wie ist es denn geschehen? Wurde er ermordet oder?“

„Ein Unglücksfall. Die Pistole war noch geladen, als Dornford sie stahl. Entweder hat er nach dem Diebstahl Angst bekommen, oder er konnte sie nicht verkaufen, wie er beabsichtigte, und entschloß sich deshalb, sie zu vergraben. Es ist erklärlich, daß er sie auf seinem eigenen Grund und Boden verscharren wollte. Er nahm auch einen Spaten mit. Als er aufgefunden wurde, war er in Hemdsärmeln. Allem Anschein nach hat er das Loch also selbst gegraben. Wahrscheinlich wollte er die Pistole gerade hineinlegen, als der Schuß sich löste. Die Kugel ging durch seinen Körper; wir fanden sie in einer Fichte, die daneben steht. Seine Brieftasche enthielt ein Darlehensgesuch an den Geldverleiher Stelbey, der mit Lyne in Verbindung stand. Außerdem einige sehr belastende Notizen über einen gewissen Jules. Wir werden uns alle Mühe geben, die Persönlichkeit dieses Mannes zu identifizieren."

„Da kann ich Ihnen helfen", erklärte Dick. „Ich kenne den Kerl sehr genau."

Sie kamen spät nach London zurück. Surefoot war in gedrückter Stimmung.

Dick suchte Mary unverzüglich auf, um ihr die Neuigkeit mitzuteilen. Er war erstaunt und ein wenig enttäuscht, als er sah, wie gelassen sie die Nachricht aufnahm.

„Ich habe es schon in der Abendzeitung gelesen", erklärte sie ihm. „Er war ein armer Kerl. Aber ich habe einen glänzenden Tag hinter mir, Dick. Ich habe eine große Überraschung für den Chefinspektor – morgen noch nicht, aber übermorgen."

Er verbrachte eine unruhige Nacht, da er sich sehr um Mary sorgte. Als er am Morgen bei ihr anläutete, war sie schon ausgegangen.

Surefoot, mit dem er später zusammentraf, beruhigte ihn.

„Sie brauchen sich nicht um die junge Dame zu ängstigen. Der tüchtigste Mann, den ich habe, beobachtet sie Tag und Nacht. Hat sie Ihnen denn nicht gesagt, welchen Plan sie verfolgt? Soviel ich von meinen Leuten gehört habe, hält sie sich dauernd in den Vorstädten auf und kauft dort in den verschiedensten Läden ein."

„Seltsam", erwiderte Dick ungläubig. „Was kauft sie denn?"

„Hauptsächlich Mixed Pickles, aber auch Schinken. Einmal hat sie in der City eine Stunde gebraucht, um Tee zu besorgen. Sie packt die Sache entschieden zu wissenschaftlich an."

Mr. Smith war über die unerklärliche Mitarbeit Mary Lanes durchaus nicht erfreut. Er haßte Geheimnisse.

Mary war schon am frühen Morgen nach Maidstone gefahren und hatte dort lange mit einem Schuhmacher verhandelt. Es zeigte sich, daß der Mann ein verhältnismäßig schlechtes Gedächtnis hatte und auch seine Bücher nicht ordentlich führte. Etwa um fünf kehrte sie müde in die Stadt zurück, nahm ein heißes Bad, ruhte sich einige Stunden aus und fühlte sich wieder frisch, als sie ihren Mantel zuknöpfte und ausging.

Es war zehn Uhr, und es regnete leicht. Sie nahm ein Taxi und fuhr zum King's-Cross-Bahnhof. Auf dem Bahnsteig traf sie Binny, der in keiner besonders guten Stimmung zu sein schien. Obgleich der Abend warm war, trug er einen schweren Mantel und ein Halstuch. Er sah elend und verlassen aus. Der Detektiv, der Mary gefolgt war, beobachtete, wie sie mit ihm sprach, und amüsierte sich, denn er wußte, warum Binny verreisen mußte.

Der Butler machte ein skeptisches Gesicht.

„Ich weiß nicht recht, ob ich mich noch auf sie besinnen kann. Die Leute ändern doch ihr Aussehen im Lauf der Jahre, besonders wenn sie schon älter sind. Sie war nur drei Wochen mit mir in dem Haus zusammen!"

„Sie werden sie sicher wiedererkennen!" erklärte Miss Lane energisch.

Er zögerte.

„Vermutlich. Aber diese Nachtreisen gefallen mir nicht. Früher habe ich einmal ein Eisenbahnunglück miterlebt, und seit der Zeit bin ich immer nervös, wenn ich nachts in einem Zug sitzen muß. Und bedenken Sie doch, daß Mr. Lyne erst vor kurzem gestorben ist und daß ich eine Menge Aufregung mit all den Zeitungsleuten gehabt habe, die mich dauernd ausfragten. Ich weiß überhaupt nicht recht, was ich zu alledem sagen und wie ich mich dazu verhalten soll."

Mary kümmerte sich nicht weiter um seine lange Litanei, sondern sagte ihm noch einmal kurz und klar, was er tun sollte.

„Sie gehen also zu dem Haus, das ich Ihnen beschrieben habe, und fragen nach Mrs. Morris. Das ist der Name, den sie angenommen hat – wahrscheinlich, weil ihr Sohn mit der Polizei in Konflikt kam. Wenn Sie feststellen, daß es Mrs. Laxby ist, schicken Sie mir ein Telegramm. Aber Sie müssen Ihrer Sache ganz sicher sein. Haben Sie die Fotografie, die ich Ihnen gegeben habe?"

Er nickte schwach. „Ja. Aber meiner Meinung nach ist das eine Sache für die Polizei, mich geht das nichts an."

„Binny, Sie haben das zu tun, was ich Ihnen sage", erwiderte sie streng. „Ich habe Ihnen eine Schlafwagenkarte gelöst, und Sie haben auf der Reise nicht die geringsten Unannehmlichkeiten auszustehen."

„Aber ich muß doch schon um vier aus dem Zug heraus!" Er merkte, daß er wohl etwas zu weit gegangen war, und lenkte ein. „Es ist schon gut, Miss Lane. Überlassen Sie mir nur die Sache, und wenn es sich so verhält, schicke ich Ihnen ein Telegramm."

Sie verließ den Bahnsteig ein paar Minuten vor Abfahrt des Zuges und nahm wieder ein Taxi.

Der Detektiv, der ihr folgte, war davon überzeugt, daß sie zu ihrer Wohnung zurückkehren würde, und gab seinem Chauffeur nur die Weisung, dem vorausfahrenden Wagen zu folgen.

Taxichauffeure sind nicht immer auch gute Detektive. Erst als aus dem anderen Auto vor einem Hotel in der Bloomsbury Street ein alter Herr ausstieg, kam dem Mann von Scotland Yard zum Bewußtsein, daß er einer falschen Spur gefolgt war.

Er fuhr zu Marys Wohnung und fluchte, daß die junge Dame noch nicht zurückgekommen war. Sofort raste er kreuz und quer mit dem Wagen durch die Stadt, um sie zu suchen. Er wußte, daß es eine fast hoffnungslose Sache war, aber er hatte Glück.

Es war Viertel nach elf, als er sie vom Fenster seines Wagens aus auf der Straße gehen sah. Sie kam seinem Auto entgegen. Sofort ließ er halten, bezahlte den Chauffeur und folgte ihr zu Fuß durch den Regen.

20

Mary Lane wußte nicht, daß ihr jemand folgte, als sie an ihrem Ziel ankam. Sie stand in einem kleinen gepflasterten Hof, in dem sich der wenig angenehme Geruch von lange nicht geleerten Mülleimern bemerkbar machte. Vorsichtig ging sie weiter und benutzte eine Taschenlampe, um den Weg zu finden. Am Ende des Hofes befand sich eine kleine Tür, daneben ein Fenster.

Eine Weile stand sie auf der Schwelle und lauschte. Ihr Herz schlug schneller, und sie fühlte sich plötzlich allein und verlassen in der Stille der Nacht. Es schien ihr vermessen, daß sie als Dilettantin der Polizei ins Handwerk pfuschen wollte.

Unaufhörlich fiel der Regen, und das monotone Rauschen machte sie niedergedrückt und mutlos.

Aber schließlich raffte sie sich auf und nahm aus ihrer Handtasche das Duplikat des Schlüssels, das Surefoot für sie hatte anfertigen lassen. Sie fand das Schlüsselloch und steckte den Schlüssel hinein. Nun sollte sich zeigen, ob ihre Theorie stimmte oder nicht. Als sie versuchte, ihn umzudrehen, schien er nicht zu passen, und sie war beinahe froh darüber. Aber nachdem sie ihn noch ein wenig tiefer hineingeschoben hatte, drehte er sich, und das Schloß schnappte mit einem lauten Krach auf.

Marys Knie zitterten, als ob sie die Last des Körpers nicht mehr tragen könnten, und sie atmete schwer. Hier war das Experiment eigentlich zu Ende, und sie hätte zurückgehen sollen. Aber plötzlich wurde sie von Abenteuerlust gepackt und öffnete die Tür, die lautlos nachgab. Furchtsam schaute sie in das dunkle Innere. Sollte sie hineingehen? Ihre Vernunft sagte nein. Aber Mary hielt die warnende Stimme für weibliche Schwäche, für Angst vor der Finsternis und vor Gespenstern, die nicht existierten.

Sie machte die Tür weiter auf, trat einen Schritt vor, leuchtete mit der Taschenlampe umher und sah nichts.

Dann hörte sie plötzlich in der Dunkelheit einen Laut, der ihr Blut in den Adern erstarren ließ – es war das Wimmern einer Frau.

Eisiger Schrecken packte sie, und sie glaubte, sie würde ohnmächtig umsinken. Der Laut kam aus der Tiefe, aus einem Raum unter ihren Füßen, und doch hatte sie das Gefühl, als ob sich auch vor ihr etwas regte.

Die Taschenlampe in ihrer Hand zitterte so sehr, daß sie nicht genau erkennen konnte, was vor ihr war. Sie stützte sich mit einem Arm an der Wand, bemerkte eine Schranktür, schlich dorthin und lauschte. Nun hörte sie es deutlich: Das Geräusch kam tatsächlich aus der Tiefe, und die Tür bildete offenbar den Eingang zu einem Keller. Sie versuchte sie zu öffnen, fand sie aber verschlossen.

Plötzlich wurde sie von einer unsagbaren Furcht befallen, wie sie sie noch nie zuvor kennengelernt hatte. Sie fühlte fast greifbar, daß ihr Gefahr drohte, und zwar aus nächster Nähe.

Sie wandte sich um und blieb starr vor Schrecken stehen. Die Tür schloß sich langsam!

Mary sprang vorwärts und packte die Kante, aber jemand drückte die Tür zu, und dieser Unheimliche stand mit ihr in demselben Raum, ja er hatte schon dort gestanden, als sie eingetreten war!

Als sie die Lippen öffnen wollte, um einen Schrei auszustoßen, legte sich eine große Hand auf ihren Mund. Eine andere Hand packte sie an der Schulter und riß sie zurück. Im nächsten Augenblick fiel die Tür krachend ins Schloß.

„Oh, Miss Lane, wie konnten Sie das nur tun?“

An der hohen Stimme erkannte sie sofort, daß sie Mr. Washington Wirth gegenüberstand. Mit Aufbietung all ihrer Kräfte versuchte sie, sich loszureißen, aber in den Armen des Mannes war sie machtlos wie ein Kind.

„Darf ich Ihnen vielleicht den Rat geben, meine Liebe, sich ruhig zu verhalten? Sonst wäre ich leider gezwungen, Ihnen die Kehle durchzuschneiden.“

Die Stimme klang höflich und freundlich, und doch verbarg sich dahinter eine schreckliche Drohung. Mary wußte, daß dieser Mensch sie ohne die geringsten Gewissensbisse umbringen würde. Aber wahrscheinlich würde er diese Drohung nicht gleich wahrmachen. Ihre Rettung hing jetzt allein von ihrem Witz und Verstand ab.

Stöhnend sank sie in seinen Armen zusammen. Darauf war er so wenig vorbereitet, daß er sie fast hätte fallen lassen. Er verlor das Gleichgewicht und legte sie mit einem ärgerlichen Ausruf auf den Steinboden nieder. Nach einer kleinen Weile hörte sie das Klappern von Schlüsseln. Er schloß die Schranktür auf.

Geräuschlos erhob sich Mary, tastete sich nach der Tür, drückte die Klinke lautlos nieder und riß sie im nächsten Augenblick auf. Wie von Furien gehetzt rannte sie über den Hof. Er kam zu spät, um sie anhalten zu können, und sie befand sich bereits auf der einsamen Nebenstraße, als er sich von seiner Überraschung erholt hatte.

Ein paar Minuten später erreichte sie eine Hauptstraße, und als sie zwei Polizisten vor sich sah, wollte sie auf sie zustürzen und ihnen ihr Abenteuer erzählen. Aber sie zögerte. Die beiden würden sie wahrscheinlich für verrückt halten.

„Hallo, Miss Lane! Sie haben mich furchtbar erschreckt!“

Es war der Detektiv, der ihr den ganzen Abend gefolgt war und sie schließlich aus den Augen verloren hatte. Er verbarg seine Erleichterung durchaus nicht.

„Um Himmels willen, wo waren Sie denn? Ich bin Stenford von Scotland Yard. Mr. Smith hat mir gesagt, Sie wüßten, daß Sie beobachtet werden.“

Sie hätte ihm vor Dankbarkeit um den Hals fallen können. Atemlos erzählte sie ihm ihre Geschichte, während er ihr ungläubig zuhörte.

„Haben Sie den Schlüssel?“

Sie schüttelte den Kopf, Sie hatte ihn in der Tür steckenlassen.

„Ich bringe Sie jetzt nach Hause, Miss Lane. Nachher berichte ich Mr. Smith.“

Stenford war ein noch junger, diensteifriger Detektiv, und kaum hatte er sich vor der Wohnungstür von Mary verabschiedet, als er auch schon zurückeilte, um auf eigene Faust vorzugehen, bevor er sich bei seinem Vorgesetzten meldete.

Mary kochte sich eine Tasse Tee, um ihre Nerven zu beruhigen. Die Räume erschienen ihr schrecklich einsam und verlassen, und sie hörte merkwürdige Geräusche. Sie wußte, daß sie nicht würde schlafen können, und wollte gerade den Hörer abnehmen, als das Telefon scharf klingelte. Sie zuckte zusammen.

Surefoot Smith rief sie an, und seine Stimme klang aufgeregt und besorgt.

„Sind Sie es, Miss Lane? Hören Sie zu und tun Sie schnell, was ich Ihnen sage. Verriegeln Sie sofort Ihre Wohnungstür und öffnen Sie auf keinen Fall, bevor ich komme. In zehn Minuten bin ich bei Ihnen.“

„Aber –“

„Tun Sie, was ich Ihnen sage!“

Sie hörte, wie er aufhängte. Ein entsetzlicher Schrecken packte sie, denn der Chefinspektor hätte nicht so aufgeregt gesprochen, wenn die Lage nicht gefährlich gewesen wäre.

Sie trat in den Flur, im gleichen Augenblick ging das Licht aus. Rasch folgte sie einer unbewußten Eingebung, sprang in das Zimmer zurück, das sie eben verlassen hatte, schlug die Tür krachend zu und drehte den Schlüssel um.

In der nächsten Sekunde warf sich jemand von draußen mit vollem Gewicht dagegen. Sie hatte keine Waffe, wußte nur, daß eine Schere auf dem Tisch lag.

Wieder donnerte der Eindringling gegen die Tür, die Füllung krachte bedenklich.

„Ich habe einen Revolver und schieße, wenn Sie nicht gehen!“ rief sie.

Darauf folgte Schweigen. Hastig sprang sie zum Fenster und riß es auf. Jetzt mußte sie eine gute Schauspielerin sein, sonst kostete es ihr Leben.

„Mr. Smith, sind Sie das? Klettern Sie die Feuerleiter herauf!“ schrie sie so laut sie konnte.

Wieder krachte die Türfüllung. Da kam Mary ein Einfall. Sie nahm den Hörer und wählte die Nummer der Polizeistation:

„Ein gewisser Moran versucht, in mein Zimmer einzubrechen – Leo Moran, bitte erinnern Sie sich an den Namen, falls mir etwas geschehen sollte, hier spricht Mary Lane . . .“

Sie ließ den Hörer fallen und schlich zur Tür.

Leise ging jemand den Korridor entlang; das Geräusch wurde schwächer, bis sie nichts mehr hörte.

Mary Lane sank zu Boden, und diesmal war sie wirklich ohnmächtig geworden.

Erst das heftige Klopfen und die erregte Stimme Dick Allenbys brachten sie wieder zu sich. Schwerfällig erhob sie sich, drehte den Schlüssel um und sah Dick und den Chefinspektor eintreten. Aber sie hatte kaum ein paar Worte gesprochen, als sie wieder bewußtlos wurde.

„Es ist wohl besser, Sie rufen eine Krankenschwester“, sagte Surefoot. „Ich fürchtete schon, ich würde sie nicht mehr lebend antreffen!“

Dick rieb Marys Gesicht mit einem nassen Tuch ab. Er war so besorgt um sie, daß er sich im Augenblick nicht einmal dafür interessierte, wie der Chefinspektor von der großen Gefahr Kenntnis erhalten hatte. Surefoot hatte ihn in seinem Klub anrufen lassen, und beide waren zu gleicher Zeit vor dem Haus angekommen.

„Ich erhielt eine telefonische Meldung von dem Beamten, der sie beobachtete“, berichtete Smith. „Er erzählte mir die Geschichte, die sie ihm mitgeteilt hatte, und ich beauftragte ihn, sofort zu ihrer Wohnung zurückzukehren und dort zu bleiben, bis ich käme. Eine halbe Stunde später ruft mich der Kerl an und sagt mir, daß er den Hof und die Nebenstraße durchsucht und niemand gefunden habe! Können Sie sich so etwas vorstellen?“

Mary hatte die Augen wieder geöffnet, und ein paar Minuten später richtete sie sich auf. Sie sah bleich und angegriffen aus, aber sie war jetzt ruhig genug, um erzählen zu können.

Die ganze Nacht hindurch waren Beamte von Scotland Yard unterwegs, um London und die Vorstädte nach einem bestimmten Mann zu durchsuchen. „Möglich, daß er von einer Frau begleitet wird“, stand in der offiziellen Benachrichtigung. Dann folgte eine genaue Beschreibung des Paares.

Auf den Rat des Chefinspektors hin zog Mary in ein ruhiges Hotel in der Nähe des Haymarket. Surefoot nahm an, daß ihr jetzt nichts mehr passieren würde, nachdem das Geheimnis von Washington Wirth bekannt war. Er hätte sie vielleicht töten können, um zu verhindern, daß sie sein Geheimnis preisgab, aber nachdem sie nun mit andern darüber gesprochen hatte, war sie wohl nicht mehr bedroht.

„Ich hoffe es auch“, sagte sie kleinlaut. „Als Detektiv habe ich nichts geleistet.“

Surefoot räusperte sich.

„Ich kann schlecht Komplimente machen. Im übrigen haben Sie ja schließlich nun den Täter gefunden und entdeckt, wie die Bankfälschungen zustande kamen.“

An dem Abend, an dem Mary ihr Abenteuer erlebte, hatte Surefoot seinem Freund in Chikago telegrafiert und ihn um alle Einzelheiten über den amerikanischen Gangster Ryan gebeten, der augenblicklich in England arbeitete. Nun ersuchte er das New Yorker Polizeipräsidium noch um telegrafische Übermittlung einer Fotografie.

Als der Chefinspektor das Bild in Händen hatte, ging er zu Morans Bank. Es wurden alle Bücher durchgesehen, aber man konnte keine weiteren Unterschlagungen feststellen.

„Vielleicht hilft Ihnen eine kleine Mitteilung, die ich Ihnen machen kann“, sagte der Generaldirektor. „Moran hat seinen Dienst bei der Bank einige Jahre unterbrochen. Während dieser Zeit war er in Amerika. Wir nehmen an, daß er damals an der Börse spekuliert hat – er selbst hat darüber nie genaue Angaben gemacht.“

„Merkwürdig“, erwiderte Surefoot, erklärte aber nicht weiter, was er mit diesen Worten sagen wollte.

„Er hatte auch großes Interesse an Cassari-Petroleum-Aktien, die eine so sensationelle Hausse erlebten. Das habe ich allerdings erst vor ein paar Tagen erfahren.“

„Ich wußte es schon ziemlich lange“, entgegnete der Chefinspektor grimmig, „und ich kann Ihnen sogar erzählen, daß er nahezu eine Million daran verdient hat.“

Der Generaldirektor runzelte die Stirn.

„Dann hatte er es doch gar nicht nötig, sich irgendwelche Verfehlungen zuschulden kommen zu lassen?“

„Nein, nötig hatte er das nicht“, erwiderte Surefoot geheimnisvoll. –

Dick Allenby war in diesen Tagen sehr beschäftigt, denn als Haupterbe seines Onkels hatte er viel zu erledigen. Der verstorbene Mr. Lyne hatte auch Geschäftsinteressen in Frankreich gehabt, und Dick fuhr infolgedessen eines Nachmittags mit dem Schnellzug nach Paris.

Am Tage vorher war zwischen Ashford und Dover ein Zug entgleist, und die Strecke konnte daher nur eingleisig befahren werden. Die Expreßzüge hatten nur geringe Verspätung, aber es war notwendig, daß sie auf einer kleinen Station hielten, an der sie sonst vorüberrasten.

Der Expreßzug nach dem Festland fuhr langsam in die Station ein und hielt. Ein anderer, der aus der entgegengesetzten Richtung kam, wartete. Als sich der Expreß wieder in Bewegung setzte, wandte sich Dick zufällig um und betrachtete die Passagiere des anderen Zuges.

In einem Abteil des letzten Wagens saß ein Mann in der Ecke, der eine Zeitung las. Als der Zug vorüberfuhr, senkte er das Blatt, und Dick erkannte – Leo Moran!

21

Es war Dick unmöglich, im Augenblick etwas zu unternehmen. Der Zug fuhr schneller und schneller und hielt erst wieder in Dover. Vielleicht war es möglich, von dort aus mit Scotland Yard zu telefonieren. Aber dann erreichte er am Ende seinen Dampfer nicht mehr.

Als Dick in Dover ankam und durch die Paßkontrolle ging, erkannte er glücklicherweise einen Detektiv, der die Abreisenden beobachtete. Ihm erklärte er die Dringlichkeit der Situation.

„Moran hat Dover nicht passiert", erwiderte der Beamte und schüttelte den Kopf. „Sie sind dem Anschlußzug von Boulogne-Folkestone begegnet. Aber ich werde mich sofort mit Mr. Smith in Verbindung setzen. Wir haben hier schon seit einiger Zeit eine genaue Personalbeschreibung von Mr. Moran, ebenso die Leute in Folkestone. Ich kann mir nicht erklären, daß man ihn nicht erkannt haben sollte."

Chefinspektor Smith schickte sofort Beamte an den Bahnhof, als er die Nachricht hörte. Sie überwachten den Zug bei der Ankunft, fanden aber Moran nicht. Surefoot stellte später fest, daß der Zug auf der Station South Bromley gehalten hatte. Dort war ein Passagier, der sein Gepäck selbst trug, ausgestiegen und hatte seine Fahrkarte abgegeben. Er war mit einem Taxi weggefahren.

Der Reisende hatte offenbar einen plötzlichen Entschluß gefaßt, wie der Schaffner des Wagens aussagte. Spät am Abend wurde auch der Taxichauffeur ermittelt und verhört. Es stellte sich heraus, daß Moran zu einer anderen Station gefahren war, die ein paar Meilen von Bromley entfernt lag. Von dort aus hatte er einen Vorortzug nach London benutzt.

Ein Anruf in seiner Wohnung blieb ohne Ergebnis. Der Portier hatte ihn auch nicht gesehen.

Der Chefinspektor telefonierte Dick in dessen Pariser Hotel an. „Haben Sie nicht die Schlüssel zu Morans Wohnung?“ fragte er ihn.

„Ja, das habe ich ganz vergessen. Sie liegen in meiner Werkstatt. Setzen Sie sich mit dem Hausmeister in Verbindung, Sie finden sie in der einen Tischschublade . . .“

Smith lag weniger daran, die Schlüssel zur Wohnung zu bekommen, als festzustellen, daß Leo Moran nicht zurückgekehrt war. Er würde doch sicher versuchen, seine Schlüssel aus Dicks Wohnung zu holen. Auf jeden Fall ließ der Chefinspektor Dick Allenbys Haus beobachten.

Aber Moran zeigte sich nicht. Entweder wußte er, daß man genau auf ihn aufpaßte, und zeigte sich deshalb nicht, oder aber er besaß irgendeine andere Wohnung in London, die der Polizei nicht bekannt war.

Die anderen Nachforschungen, die Smith in die Wege leitete, blieben gleichfalls erfolglos. Aber im Augenblick konzentrierte er seine Hauptaufmerksamkeit auf Moran. Die Fremdenlisten in allen Hotels wurden überwacht.

Mary Lane wußte nichts davon, daß Moran wieder in London war, und Surefoot Smith, der sie am Abend sprach, erwähnte auch nicht, daß Moran gesehen worden war. Er suchte sie gewöhnlich ein- oder zweimal am Tage auf, da er kein Risiko auf sich nehmen wollte.

Marys Hotel lag in einem alten Häuserblock mitten in West End. Es war in mancher Beziehung etwas altmodisch und primitiv eingerichtet, aber schließlich hatte der Eigentümer Gasöfen zur Heizung der Schlafzimmer aufstellen lassen und sich auch dazu bequemt, elektrisches Licht zu legen. Das Telefon betrachtete er dagegen als unliebsame Neuerung, die seinen Frieden störte. Es gab nur einen Apparat im ganzen Haus, und zwar in seinem Büro.

Mary war nicht unzufrieden darüber. Vor allem war das Hotel ruhig, und man konnte nachts schlafen. Sie fühlte sich in ihrem großen hellen

Zimmer, das nach der Straße lag, sehr wohl. Es verkehrten fast nur Familien aus der Provinz hier.

Mary konnte auf einen Balkon hinaustreten, der die ganze Breite des Hauses einnahm. Allerdings passierte auf der Straße nicht viel, das man sich von oben hätte ansehen können.

Als Mr. Smith Mary am nächsten Abend wieder besuchte, hatte er Pech. Wäre er ein paar Minuten früher gekommen, so hätte er beobachten können, wie Leo Moran die breite Treppe in die Höhe stieg und dem Hotelportier in den Raum, folgte, der an Marys Zimmer stieß. Der Mann hatte sich nicht als Moran ins Hotelregister eingetragen, sondern als John More aus Birmingham. Er bestellte ein einfaches Abendbrot aufs Zimmer. Als das Geschirr wieder fortgeräumt war, schloß er die Tür, öffnete eine Mappe, nahm eine Anzahl Dokumente heraus und war eifrig tätig.

Der Chefinspektor blieb nicht lange, und Mary las noch eine Stunde. Sie hatte die Aufregungen jener furchtbaren Nacht allmählich überwunden und Surefoot gesagt, daß sie wieder in ihre Wohnung zurückkehren wollte.

„Sie bleiben besser noch eine Woche im Hotel", hatte er ihr erwidert. „Es ist möglich, daß ich mich täusche, aber ich glaube, bis dahin habe ich den Fall vollkommen geklärt."

„Aber da der Polizei jetzt sein Name und seine Personalbeschreibung bekannt sind, wird er mir doch nicht mehr nachstellen", protestierte sie. „Ich bin auch vollkommen davon überzeugt, daß er nicht aus Rache, sondern aus Selbsterhaltungstrieb gehandelt hat –"

„Man kann nicht vorsichtig genug sein, wenn es sich um diesen Menschen handelt. Vor allem muß man annehmen, daß er bis zu einem gewissen Grade geistesgestört ist."

Mary war unzufrieden, daß ihr noch immer Einschränkungen auferlegt wurden. Sie war auch nicht damit einverstanden, daß sie so früh zu Bett gehen sollte, wie der Arzt vorgeschrieben hatte, denn sie konnte nicht einschlafen.

Erst kurz vor Mitternacht fiel sie in einen leichten Schlaf, aber eine Stunde später schreckte sie plötzlich wieder auf. Zitternd zog sie die Decke über die Schultern.

Die Tür zum Balkon, die sie geschlossen hatte, stand weit offen; ein kalter Luftzug wehte durch den Raum, und die Zimmertür war auch halb geöffnet. Mary hatte sie von innen verschlossen, darauf konnte sie sich genau besinnen.

Als sie neben dem Bett stand, erschien die Gestalt eines Mannes in der Türöffnung. Deutlich war sie in dem trüben Licht des Korridors zu sehen. Mary war einen Augenblick wie gelähmt vor Furcht und Entsetzen. Dann erkannte sie den Mann plötzlich, und in wilder Todesangst schrie sie auf.

Er trat zurück und verschwand. Sie eilte zur Tür, warf sie zu und drehte den Schlüssel um. Hastig machte sie Licht, klingelte heftig, schloß auch die Tür nach dem Balkon und saß dann verängstigt in einem Sessel, bis sie die Stimme des Nachtportiers hörte.

Schnell schlüpfte sie in einen Morgenrock, öffnete und berichtete, was sie erlebt hatte. Er sah sie ungläubig an. Zwar sagte er nichts, aber er schien davon überzeugt, daß sie geträumt hatte.

„Was, ein Mann war in Ihrem Zimmer? An mir ist aber niemand vorbeigekommen", meinte er schließlich. „Und ich habe unten in der Halle seit zehn gewacht."

„Gibt es nicht noch einen anderen Ausgang?"

Der Portier dachte einen Augenblick nach.

„Höchstens könnte er die Gesindetreppe hinuntergegangen sein. Ich werde einmal nachsehen. Ist Ihnen etwas gestohlen worden?"

Sie schüttelte den Kopf. „Das weiß ich nicht", erwiderte sie ungeduldig. „Bitte rufen Sie Chefinspektor Smith in Scotland Yard an. Sagen Sie ihm, er möchte sofort herkommen, es sei sehr, sehr wichtig."

Sie ging in ihr Zimmer zurück, schloß die Tür und öffnete sie erst wieder, als sie nach einem Klopfen Surefoots Stimme hörte.

Noch bevor sie sprechen konnte, rief er den Portier zurück, der ihn nach oben gebracht hatte.

„Irgendwo im Haus steht ein Gashahn auf", sagte er.

„Ich habe es auch schon bemerkt."

Der Mann ging den Gang entlang und kehrte dann wieder um.

22

„Der Geruch kommt hier aus dem nächsten Zimmer."

Surefoot kniete nieder und drückte das Gesicht auf den Fußboden. Der Gasgeruch war sehr stark. Die Tür ließ sich nicht öffnen, da sie von innen zugeschlossen war. Auf wiederholtes Klopfen erhielt Smith keine Antwort. Entschlossen trat er ein paar Schritte zurück und warf sich dann mit voller Wucht gegen die Tür. Krachend flog sie auf, und er fiel der Länge nach in das Zimmer. Es war so von Gas erfüllt, daß er nicht atmen konnte. Er taumelte zurück, lief in Marys Zimmer, feuchtete ein Handtuch an und preßte es auf den Mund. Dann eilte er in den nächsten Raum, und nachdem er das Fenster aufgerissen hatte, hob er den Mann auf, der auf dem Bett lag, und schleppte ihn in den Gang.

Einen Augenblick sah er in das gerötete Gesicht und erkannte zu seinem Erstaunen Leo Moran. Das ganze Hotel war jetzt auf den Beinen. Ein Arzt, der auf demselben Korridor wohnte, kam im Pyjama heraus und leistete die Erste Hilfe, während Surefoot in das Zimmer zurückging.

Er bemerkte, daß immer noch Gas aus dem Ofen strömte, drehte den Hahn ab und öffnete das Fenster noch weiter. Dabei entdeckte er, daß diese Tragödie sehr gut vorbereitet worden war. Alle Fensterritzen waren mit Isolierband zugeklebt, sogar das Schlüsselloch. Der Spalt in der Tür zum Badezimmer war mit einem Handtuch zugesteckt. In der Nähe des Bettes stand ein Glas auf dem Schreibtisch, das noch halb mit Whisky gefüllt war. Moran hatte vorher anscheinend geschrieben. Surefoot nahm den angefangenen Brief, der an den Generaldirektor von Morans Bank gerichtet war.

Sehr geehrter Herr,

ich teile Ihnen mit, daß ich wieder nach London zurückgekehrt bin. Aus Gründen, die ich Ihnen persönlich auseinandersetzen werde, wohne ich unter angenommenem Namen im Hotel. Ich hoffe, daß diese Erklärungen Ihnen genügen werden ...

Hier endete der Brief mit einem merkwürdigen Strich, als ob Moran plötzlich von einem Unwohlsein befallen worden wäre.

Es lag auch ein großer, mit Maschine beschriebener Aktenbogen auf dem Tisch, aber Smith entdeckte ihn nicht gleich.

Der Chefinspektor schaute sich im Zimmer um. Zuerst fiel ihm auf, daß die Tür des großen Kleiderschranks weit offenstand. Er sah hinein – der Schrank war leer, auf dem Boden waren zwei schmutzige Fußspuren, unverkennbar Abdrücke von Gummischuhen. Hier hatte sich also jemand versteckt. Draußen regnete es stark, und die Fußabdrücke waren noch naß.

Smith trat in den Korridor hinaus und sah, daß Moran in ein anderes Zimmer getragen worden war. Der Arzt und der Portier bemühten sich, ihn wieder ins Leben zurückzurufen. Surefoot ging zurück, und nun bemerkte er den Aktenbogen, der oben auf dem Stapel anderer Papiere lag. Als er ihn aufgenommen und den Anfang gelesen hatte, setzte er sich schwer in einen Stuhl, denn dieses Schriftstück war ein Mordgeständnis.

Ich, Leopold Moran, stehe im Begriff, aus der Welt zu scheiden. Aber bevor ich gehe, möchte ich ein Geständnis ablegen über drei Morde. Das erste meiner Opfer war ein gewisser Tickler.

Er hatte entdeckt, daß ich die Bank schädigte und beraubte, und erpreßte mich infolgedessen seit vielen Monaten. Er wußte, daß ich unter dem Namen Washington Wirth Gesellschaften gab und daß ich mich in dem Zimmer über einer Garage umzukleiden pflegte. Dort überraschte er mich und verlangte von mir tausend Pfund. Ich gab ihm hundert einzelne

Banknoten zu je einem Pfund und überredete ihn dann, mit mir nach West End zu fahren, und zwar in einem Taxi, das in einer Nebenstraße stand. Als er einstieg, erschoß ich ihn, schloß die Tür und fuhr nach Regent Street, wo ich den Wagen an einem Parkplatz stehenließ.

Am nächsten Tage hatte ich eine Unterredung mit Hervey Lyne, der argwöhnisch wurde. Ich hatte nämlich seinen Namen gefälscht, wodurch ich große Summen von seinem Konto abheben konnte.

Er ließ mich in seine Wohnung kommen, und ich wußte, daß er mein Spiel durchschaut hatte. Vergeblich versuchte ich, seinen Diener Binny zu bestechen. Er sollte mir helfen, den Alten zu beschwindeln. Aber der Mann war entweder zu ehrenhaft oder zu dumm, um auf meinen Plan einzugehen. Binny ist einer der ehrlichsten Menschen, die ich jemals getroffen habe. Meiner Meinung nach war es töricht von ihm, daß er mich nicht unterstützte.

Ich wußte, daß Hervey Lyne sich jeden Nachmittag in den Regent's Park fahren ließ, und zwar immer an einen bestimmten Platz, den ich von meiner Wohnung aus sehen konnte. An dem betreffenden Nachmittag war ich so verzweifelt und in die Enge getrieben, daß ich ihn von meinem Fenster aus mit einem Gewehr erschoß. Ich hatte einen Schalldämpfer daran befestigt. Zufällig machte auch ein gerade vorüberfahrendes Auto großen Lärm. Später schickte ich unter meinem eigenen Namen einen Mann nach Deutschland, blieb aber selbst in London.

Ich fürchtete mich vor Hennessey, der mich auch erpreßte, und ich mußte ihn unter allen Umständen zum Schweigen bringen. Deshalb fuhr ich in einem Auto mit ihm nach Colnbrook und erschoß ihn im Wagen. Vorher erzählte er mir noch, daß Miss Lane im Besitz der falschen Bankabrechnung sei, die ich ihm übergeben hatte. Am Abend brach ich in ihre Wohnung ein und durchsuchte sie, fand aber nicht, was ich haben wollte.

Alles, was ich hier geschrieben habe, ist wahr. Ich bin lebensmüde, scheide aber ohne Reue.

Leo Moran

Surefoot las das Geständnis sorgfältig durch und suchte das Zimmer dann nach Gummischuhen ab, konnte aber keine entdecken. Er fand Mary Lane vollkommen angekleidet in ihrem Zimmer.

„Haben Sie nicht das Gesicht des Mannes gesehen, der bei Ihnen eindringen wollte?“ fragte er.

Sie schüttelte den Kopf.

„Haben Sie ihn sonstwie erkannt?“

Sie erzählte ihm von ihrer Vermutung.

Soweit er die Sache beurteilen konnte, war zwischen dem Auftauchen des geheimnisvollen Mannes und seiner eigenen Ankunft eine Viertelstunde vergangen. Diese Zeit genügte für Moran, sich im Zimmer einzuschließen. Smith dachte gerade darüber nach, als er etwas Glänzendes auf dem Boden sah. Er bückte sich und hob einen Schlüssel auf, der in der Nähe des offenen Fensters lag. Dann ging er in Morans Zimmer zurück, riß das Klebepflaster über dem Schlüsselloch ab, steckte den Schlüssel hinein und drehte ihn um. Nun hatte er keinen Zweifel mehr.

Moran war noch bewußtlos, aber der Arzt erklärte, daß er außer Gefahr sei. Surefoot hatte telefonisch zwei Detektive ins Hotel bestellt, ließ den Bankdirektor unter ihrer Bewachung zurück und ging zum Scotland Yard.

Mitten in der Nacht wurden drei der höchsten Polizeibeamten aus ihren Betten geholt und zu einer dringenden Konferenz nach Scotland Yard gerufen. Surefoot zeigte ihnen das Geständnis.

„Dann ist ja alles sonnenklar“, erklärte sein direkter Vorgesetzter. „Sobald er wieder zu Bewußtsein gekommen ist, lassen Sie ihn ins Gefängnis überführen und erheben Anklage gegen ihn.“

Surefoot schwieg einen Augenblick und warf einen prüfenden Blick auf das Schriftstück.

„Das Geständnis ist aber nicht im Hotelzimmer geschrieben worden“, sagte er. „Es müßte denn sein, daß eine unsichtbare Schreibmaschine dort untergebracht wäre. Ich habe jedenfalls keine gesehen. Die Tür war von innen verschlossen, und ich fand den Zimmerschlüssel in Miss Lanes Zimmer auf dem Boden. Weiterhin habe ich entdeckt, daß das Klebepflaster, das die Ritzen der Balkontür abdichtete, von außen angebracht war. Da hat der Täter einen Fehler begangen."

Smith nahm eine Flasche mit einer hellgelben Flüssigkeit aus der Tasche.

„Hier ist der Whisky, den ich auf dem Schreibtisch fand. Er muß untersucht werden."

„Wie war Moran denn gekleidet, als Sie ihn fanden?" fragte einer der Chefinspektoren.

„Er war vollkommen angekleidet und trug auch Schuhe. Aber merkwürdigerweise lag er mit den Füßen auf dem Kissen. In dieser Lage würde ich jedenfalls nicht Selbstmord begehen. Es ist alles sehr sonderbar!"

Sein Vorgesetzter richtete sich im Stuhl auf: „Worauf wollen Sie eigentlich hinaus?"

Surefoot überlegte eine Weile.

„Moran war am Abend noch ausgegangen. Der Portier sah ihn dann zurückkommen, und zwar eine Stunde, bevor ich ihn in seinem Zimmer fand. Whisky und Soda waren ihm nach oben gebracht worden, der Whisky in einem Glas, die Sodaflasche war verschlossen. Er hatte das Getränk eine Stunde vorher bestellt. Ich habe die Schriftstücke durchgesehen, die auf dem Schreibtisch lagen, und aus allem die Überzeugung gewonnen, daß Moran nicht die Absicht hatte, Selbstmord zu begehen. Er war nach London zurückgekommen, um die Cassari-Aktien zu kaufen, die am Londoner Markt noch zu haben waren. Außerdem hatte er den festen Auftrag, in London ein Büro der Cassari-Petroleum-Gesellschaft zu eröffnen. Er wollte keinerlei Aufsehen erregen, da sonst vielleicht seine Absicht durchkreuzt worden wäre, die Petroleumaktien zu kaufen. Ich habe das alles aus einem Brief ersehen, den er einem Türken nach Konstantinopel geschrieben hat. Ich nahm mir die Freiheit, ihn zu öffnen. Obendrein wollte Moran morgen den Generaldirektor seiner Bank aufsuchen – das sieht nicht nach Selbstmord aus."

„Aber wie erklären Sie sich denn dann die ganze Sache?"

„In Morans Abwesenheit ist jemand in sein Zimmer eingedrungen. Das war verhältnismäßig leicht, denn auf der Etage liegen zwei unbewohnte Zimmer, die ebenfalls einen Ausgang auf den langen Balkon an der Vorderseite des Hauses haben. Der Eindringling hat ein Betäubungsmittel in den Whisky gegossen und sich dann im Kleiderschrank versteckt. Als Moran den Whisky getrunken und die Besinnung verloren hatte, trat der andere aus dem Versteck hervor, hob Moran auf und legte ihn aufs Bett. Er verklebte alle Ritzen an Tür und Fenstern und drehte den Gashahn auf. Dann verließ er das Zimmer durch die Glastür, ging auf den Balkon, verklebte auch die Glastür noch von außen und kam in Miss Lanes Zimmer. Wahrscheinlich hat er die Türen auf dem Balkon verwechselt. In ihrem Zimmer hat er dann auch Morans Schlüssel verloren. Auf dem Korridor bemerkte er wohl den Verlust und wollte in Miss Lanes Zimmer zurückkehren. Sie wachte aber auf, und ihr Schrei verscheuchte ihn."

„Aber wie konnte der Mann das Hotel verlassen, ohne daß ihn der Nachtportier sah?"

Surefoot lächelte mitleidig. „Es gibt drei Ausgänge. Am leichtesten war es für ihn, die Gesindetreppe zu benutzen und das Hotel durch die Küche zu verlassen."

Surefoot unterstrich mit einem Bleistift ein paar Zeilen des Geständnisses.

„Sehen Sie einmal, wie sehr er Binny herausstreicht und lobt. Das ist doch sehr verfänglich. Jedes Kind muß ja merken, daß Binny dieses Schriftstück verfaßt hat!"

„Was – der Butler des verstorbenen Mr. Lyne?"

Surefoot nickte.

„Ich kenne ihn noch unter verschiedenen anderen Namen. In London war er zum Beispiel als Mr. Washington Wirth bekannt. Er ist der gesuchte Mörder.“

23

Die hohen Beamten sahen Surefoot verblüfft an.

Smith nahm ein längliches Kuvert aus der Brusttasche, das die Übertragung eines langen Chiffre-Telegramms sowie eine etwas verschwommene Fotografie enthielt.

„Dieses Bild wurde uns telegrafisch übermittelt. Es ist ein Foto von Arthur Ryan. Das ist ein anderer Name dieses Verbrechers, der sowohl in Chikago als auch in New York von der Polizei gesucht wird. Er arbeitete mit drei verschiedenen Banden zusammen und hatte Glück, daß er mit dem Leben davonkam. Ich werde Ihnen einen Abschnitt aus dem Telegramm vorlesen:

Der Mann spricht ein sehr gewöhnliches Englisch und soll früher Kammerdiener gewesen sein. Seine Verbrechen begeht er in der Weise, daß er bei einer reichen Familie Stellung sucht und die Gelegenheit dann zu Räubereien großen Stils ausnutzt. In den Staaten hat er sich vielfach am Alkoholschmuggel beteiligt. Er ist verantwortlich für die Ermordung Eddie McGeans und steht im Verdacht, auch noch andere Morde begangen zu haben.“

Er gab das Foto aus der Hand, damit die anderen es betrachten konnten.

„Das Bild ist nicht gerade sehr gut. Es wurde im Polizeipräsidium von New York aufgenommen. Aber es zeigt deutlich, daß es Binny ist. Ich habe ihn auf den ersten Blick erkannt.“

„Ja, das stimmt“, erwiderte Chefinspektor Knowles, während er das Foto prüfte. „Ich sah ihn hier im Hause, als Sie ihn verhörten. Aber mir ist nicht klar, warum er den alten Lyne ermordet haben soll?“

„Weil er sein Geld unterschlagen hat. Miss Lane hat uns auf die Spur gebracht. Es tut mir leid, daß ich nicht selbst so schlau war, alles zu durchschauen. Sämtliche gefälschten Schecks waren am Siebzehnten des jeweiligen Monats ausgeschrieben. Da sie dem alten Mann längere Zeit die Wirtschaft geführt hatte, wußte sie, daß er an diesem Tag stets die Rechnungen der Geschäftsleute bezahlte. Er hatte dabei die üble Angewohnheit, Mitteilungen, meistens sogar recht beleidigende Äußerungen, auf die Rückseite der Schecks zu schreiben. Ich entdeckte eine solche Bemerkung, die lautet: „Schicken Sie nicht mehr chinesische E . . .“ Miss Lane wußte, daß Lyne ständig glaubte, er würde von den Kaufleuten betrogen. Er nahm an, daß sie ihm sogar alte chinesische oder andere importierte Eier schickten. Und um dem Händler ins Gewissen zu reden, schrieb er bei Bezahlung der Rechnung derartige Mahnungen auf die Rückseite der Schecks. Miss Lane hat das häufig gesehen. Es war ganz gleich, ob es sich um Schuster, Schneider oder Kolonialwarenhändler handelte. Sie hat in dieser Richtung Nachforschungen angestellt und die Kaufleute einzeln aufgesucht und ausgefragt.

Und nun kommt das Interessante. Die Leute erklärten, daß Lyne sie bereits seit zwei oder drei Jahren nicht mehr mit Schecks bezahlte. Entweder kam Binny persönlich und brachte bares Geld, oder er schickte die Beträge durch die Post. Wissen Sie, was das bedeutet?

Lyne war fast blind – die Schecks, die er für die Händler zeichnete, zahlte Binny auf sein eigenes Privatkonto ein. Der alte Mann wollte nicht zugeben, daß er kaum noch sehen konnte. In seiner Eitelkeit behauptete er, noch gut lesen zu können. Es war daher leicht für Binny, am Siebzehnten des Monats seinem Herrn Schecks vorzulegen, mit denen er angeblich die Rechnungen der Kaufleute bezahlen wollte. Zuerst füllte er sie mit Bleistift und mit den wirklichen Summen aus, die sie zu bekommen. hatten. Ich habe mehrere Schecks untersucht. Unter dem Mikroskop kann man noch die Bleistiftschrift erkennen. Natürlich war es nicht schwer, sie auszuradieren. Wenn er Lynes Unterschrift erhalten hatte, setzte er die großen Summen ein, die dann auf sein Konto eingezahlt wurden.

Binny muß nun Wind davon bekommen haben, daß Untersuchungen gegen ihn eingeleitet waren, denn er machte den Versuch, Miss Lane in ihrer Wohnung zu überfallen. Sie hat sich nur dadurch retten können, daß sie bei einem telefonischen Anruf an die Polizei vorgab, ihn für Moran zu halten. Er war zufrieden, als er das hörte, und ließ sie in Ruhe. Hätte er sich nur ein wenig mehr um die Sache gekümmert, so hätte er herausbekommen, daß alle ihre Nachforschungen nicht Moran, sondern ihm galten. Aber wenn die Verbrecher immer logisch dächten, könnte man sie ja niemals henken."

„Wo wurde denn der Mord an Lyne begangen?" fragte der Vorgesetzte.

Surefoot schüttelte den Kopf.

„Die Frage bereitet mir viel Kopfzerbrechen. Es ist möglich, daß Binny den Schuß abfeuerte, als Dornfords Auto so geräuschvoll vorüberfuhr. Nach dem Geständnis, das Moran mit dem Mord belasten sollte, könnte man ja fast annehmen, daß es so vor sich gegangen ist. All die anderen Verbrechen, die darin erwähnt werden, wurden in der angegebenen Weise von Binny selbst begangen."

Surefoot Smith ging ins Hotel zurück, um sich nach Morans Befinden zu erkundigen. Es waren noch manche Einzelheiten des Falles aufzuklären.

Die Ermordung Mike Hennesseys gab ihm zu denken. Wenn der Theaterdirektor Binny erpreßte, war allerdings ein Motiv vorhanden. Aber was konnte denn Mike Hennessey wissen? Selbstverständlich war ihm bekannt, daß Binny tagsüber Butler und Bedienter war, während er abends den großartigen Washington Wirth spielte. Warum sollte aber Mike den Mann erpressen, der ihm soviel Geld gab?

Binny mußte Mike aus einem anderen Grund ermordet haben, das stand für Surefoot fest.

Der Butler war nicht mehr gesehen worden, seitdem Mary ihn nach Newcastle geschickt hatte. Sie hatte diese Reise natürlich nur zum

Vorwand genommen, um ungestört den Schlüssel an der Hintertür von Hervey Lynes Haus ausprobieren zu können.

Der mit Leuchtfarbe angestrichene Schlüssel war kein Geheimnis mehr. Manchmal kam „Mr. Washington Wirth“ von seinen Gesellschaften in angeheiterter Stimmung zurück. Er mußte sich dann in dem Zimmer über der Garage umkleiden, und es war mehrmals vorgekommen, daß er den Schlüssel dort hatte liegenlassen. Wahrscheinlich hatte er die Gewohnheit, ihn auf den Tisch zu legen. Wenn der Schlüssel aber aufleuchtete, sobald das Licht ausgedreht war, wurde Binny an ihn erinnert.

An dem Abend, an dem Tickler ermordet wurde, hatte er den Schlüssel vollkommen vergessen und mußte ein Kellerfenster eindrücken, um seine Schlafkammer in Lynes Haus zu erreichen. Auf diese Erklärung war Mary gekommen. Sie hatte den Schlüssel gleich zu Anfang erkannt, denn als Kind hatte sie ihn alle Tage gesehen. Daraufhin schickte sie Binny nach Nordengland, um die Richtigkeit ihrer Annahme zu beweisen.

Bei diesem Versuch hätte sie aber beinahe ihr Leben eingebüßt, denn Binny war nicht dumm. Er ließ nicht mit sich spaßen und war natürlich nicht mit dem Zug abgefahren, sondern noch vor Mary in die Wohnung zurückgekehrt.

Als Surefoot ins Hotel kam, hatte Leo Moran das Bewußtsein wiedererlangt, aber es ging ihm durchaus nicht gut. Die Nachwirkungen der Gasvergiftung waren sehr unangenehm. Seine Erzählung bestätigte die Theorien des Chefinspektors.

Surefoot zeigte Moran darauf das Mordgeständnis und las ihm auch Teile daraus vor.

„Ich weiß nicht, was Binny von Morden schreibt. Das ist doch heller Wahnsinn. Wer ist denn ermordet worden?“

Smith erklärte es ihm kurz.

„Was, Hervey Lyne ist ermordet worden? Das ist ja entsetzlich! Wann ist das denn passiert?“

„An dem Tag Ihrer Abreise.“

Moran runzelte die Stirn.

„Aber ich sah ihn doch noch von meinem Fenster aus! Er saß in seinem Rollstuhl unter dem Baum im Park, wo er sich gewöhnlich auszuruhen pflegte. Ich habe ihn häufig dort beobachtet. Binny las ihm vor.“

„Wann war das?“ fragte Surefoot schnell.

Moran dachte eine Weile nach, bevor er antwortete.

„Also zehn Minuten, bevor er tot aufgefunden wurde“, meinte Smith. „Die Entfernung war aber wohl zu groß – Sie konnten nicht erkennen, ob er sich mit Binny unterhielt?“

„Als ich ihn sah, las Binny ihm etwas vor.“

Surefoot hatte unerwartet einen Augenzeugen gefunden. Moran war vermutlich der einzige, der die beiden kurz vor Lynes Tod beobachtet hatte.

„Wo saß Binny?“

„An der gewöhnlichen Stelle. Er schaute Lyne ins Gesicht.“

„Haben Sie gesehen, daß Binny um den Stuhl herumging?“

Moran zögerte:

„Ja. Ich kann mich jetzt darauf besinnen. Er ging um den Stuhl herum. Ich mußte damals daran denken, daß Spieler manchmal von ihrem Stuhl aufstehen und ihn umkreisen, um mehr Glück im Spiel zu haben.“

„Sonst haben Sie nichts gesehen – oder gehört?“

Moran schaute ihn groß an.

„Haben Sie denn Binny im Verdacht?“

Surefoot nickte.

„Es ist kein Verdacht mehr. Wir wissen bereits genau, daß er der Täter ist.“

Moran überlegte noch einmal.

„Ja, er ging bestimmt um den Stuhl herum. Gehört habe ich nichts. Sie meinen doch einen Schuß? Ich habe auch nicht gesehen, daß sich Binny irgendwie verdächtig benommen hätte.“

Surefoot sah das gefälschte Geständnis noch einmal kurz durch.

„Kennen Sie Binny?“

„Ja, oberflächlich. Er war früher einmal mein Diener. Ich habe ihn entlassen, weil er gestohlen hat.“

Smith nahm das Zigarettenetui aus der Tasche, das unter dem Sitzkissen des Autos gefunden worden war.

Moran streckte sofort die Hand danach aus.

„Ach, großartig, daß Sie das gefunden haben! Das Etui gehörte zu den Dingen, die ich damals vermißte. Wie sind Sie denn dazu gekommen?“

Bei Morans Zustand hielt Surefoot es nicht für angezeigt, ihm die grausige Geschichte zu erzählen.

„Ich dachte, es gehörte vielleicht Ihnen. Aber vorläufig brauchen wir es noch.“ Er steckte es wieder ein. „Es ist wahrscheinlich schon ziemlich alt und außerdem für die Gelegenheit wohl besonders gesäubert und geputzt worden.“

„Was für eine Gelegenheit meinen Sie denn?“ erkundigte sich Moran neugierig, aber Smith überhörte die Frage.

Moran sprach dann offen von den Reisen, die er gemacht hatte.

„Ich hatte es eigentlich nicht nötig, so Hals über Kopf abzureisen, aber ich hatte mich über die Direktion sehr geärgert, die mir den Urlaub abgeschlagen hatte. Es war wichtig, daß ich nach Konstantinopel kam, während der Aufsichtsrat der Cassari-Petroleum-Gesellschaft neu gewählt wurde. Ich habe sehr großes Interesse an der Gesellschaft. Sie ist augenblicklich eine der größten ihrer Art. Übrigens ist Miss Lane auch eine reiche Frau geworden. Die Aktien, die ich von ihr gekauft hatte, können nach türkischem Recht nicht auf mich übertragen werden, da noch eine andere Unterschrift fehlt. Gesetzmäßig habe ich wohl ein

Anrecht darauf, moralisch kaum. Ich werde ihr also das Aktienpaket für denselben Preis wieder zurückerstatten, den ich dafür gezahlt habe. Das bedeutet, daß sie mehr Geld besitzt, als sie überhaupt in ihrem ganzen Leben ausgeben kann." Er lächelte schwach. „Mir ist es ähnlich gegangen."

Mehr konnte Smith im Augenblick nicht von Moran erfahren, er war zu abgespannt und müde. Der Chefinspektor ließ ihn allein, damit er sich ausruhen konnte. Scotland Yard hatte die Nachricht durchgegeben, daß Dick Allenby im Flugzeug von Paris nach London unterwegs war. Er erreichte Croydon in aller Frühe und fand dort ein Polizeiauto vor, das ihn zum Regent's Park brachte.

Als der Wagen in Naylors Crescent einbog, sah er Surefoot Smith und drei Polizeibeamte in Zivil, die ihn erwarteten.

„Es tut mir leid, daß ich Sie zurückholen mußte, aber es ist notwendig, daß ich das Haus noch einmal genau durchsuche. Und bei dieser Gelegenheit müssen Sie anwesend sein."

„Haben Sie Moran gefunden?" fragte Dick ungeduldig. „Sie haben doch die telefonische Nachricht aus Dover erhalten –"

Surefoot nickte.

„Hat er Ihnen etwas über Binny gesagt?"

„Binny hat mir eine ganze Menge über sich selbst verraten", erklärte der Chefinspektor grimmig. „Ich habe ihn zwar noch nicht persönlich verhört, aber er hat ein sehr interessantes schriftliches Dokument verfaßt."

Dick öffnete die Haustür, und sie traten ein.

Obgleich die Räume erst seit kurzer Zeit unbewohnt waren, herrschte im Innern bereits ein muffiger Geruch. Hervey Lynes Arbeitszimmer war nach der Durchsuchung wieder in Ordnung gebracht worden. Die Polizeibeamten hatten alle Ecken durchsucht und sogar die Fußbodendielen aufreißen lassen. Es war wohl ausgeschlossen, daß man hier noch neue Anhaltspunkte finden konnte.

Sie gingen darauf in die Küche, wo Mary Lane das böse Abenteuer erlebt hatte. Smith hatte den Raum zwei Stunden nach ihrer Flucht selbst aufgesucht und war durch die Schranktür die Treppe zum Kohlenkeller hinuntergegangen. Das Feldbett, das er bei seinem ersten Besuch dort gesehen hatte, war entfernt worden.

„Merkwürdig, daß Binny sich mit der Frau herumschleppt“, meinte Surefoot. „Das kann ich nicht verstehen. Sie ist doch eine hoffnungslose Gewohnheitstrinkerin. Er muß sie in der Nacht, nachdem Miss Lane hier im Haus war, fortgeschmuggelt haben. Wo sie jetzt ist, möchte ich lieber nicht erfahren. Wahrscheinlich hat er sie auch kaltgemacht.“

Dick hatte bereits seine Meinung hierüber geäußert. Er glaubte, daß sie überhaupt nicht mit Binny verheiratet war. Hervey Lyne annoncierte immer nach einem Ehepaar, das seinen Haushalt führen sollte. Um die Stelle zu erhalten, hatte Binny wahrscheinlich eine Frau gemietet. Diese Tatsache wurde auch mehr oder weniger dadurch bestätigt, daß die beiden zwei getrennte Räume bewohnten. Es war kaum anzunehmen, daß sie dem Mörder einmal hätte gefährlich werden können. Nach Aussage der Geschäftsleute war sie stets mehr oder weniger betrunken gewesen, und Binny hatte den Haushalt allein geführt.

24

Der Rollstuhl, in dem der alte Lyne tot aufgefunden worden war, stand unter der Treppe. Zu Dicks Erstaunen gab Surefoot Anweisung, ihn in das Arbeitszimmer zu bringen.

Der Chefinspektor hatte dauernd das unangenehme Gefühl gehabt, daß er sich nicht genügend um den Stuhl gekümmert hatte. Die vielen Mitteilungen, die er in den letzten Tagen bekommen hatte, machten es notwendig, sich noch einmal eingehend mit diesem Möbelstück zu beschäftigen.

Direkt gegenüber der Tür des Arbeitszimmers war in der Wand eine Nische eingelassen, und Surefoot erkannte nun, daß sie einem besonderen Zweck diente. Lyne hatte anscheinend die Gewohnheit gehabt, sich in seinem Arbeitszimmer in den Rollstuhl zu setzen. An dem Türrahmen befanden sich verschiedene Kratzer in Höhe der Radnaben. Die Nische war so angeordnet, daß man den Stuhl an der Stelle leicht wenden konnte, und es machte keine Schwierigkeiten, ihn in das Arbeitszimmer hinein- oder herauszubringen.

Surefoot ließ einen der Polizeibeamten in dem Stuhl Platz nehmen und machte sich selbst die Mühe, ihn auf die Straße hinauszufahren. Der Gang war nicht sehr breit, und auch die Haustür ließ auf beiden Seiten nur einen verhältnismäßig schmalen Raum frei. Hier konnte man ebenfalls Kratzer und Spuren von den Radnaben erkennen.

Surefoot erfuhr nicht viel Neues durch dieses Experiment; er ließ den Stuhl wieder unter die Treppe bringen und setzte seine Nachforschungen im Hause weiter fort.

„Was wollen Sie denn finden?“ fragte Dick.

„Binny“, entgegnete der Chefinspektor kurz. „Der Kerl ist kein Dummkopf. Er muß hier irgendwo ein Versteck haben. Wenn ich nur wüßte, wo!“ Smith sah auf die Uhr. „Ist es möglich, daß Miss Lane hierherkommen könnte?“

Dick Allenby fuhr mit einem Taxi zu ihrem Hotel. Er wußte allerdings nicht, ob sie nach den Aufregungen der letzten Nacht imstande war, ihn in das Haus ihres Vormunds zu begleiten. Aber er fand sie frisch. Sie fragte ihn sofort nach Binny.

„Wir haben ihn nicht gefunden“, erwiderte er. „Ich habe große Sorge um dich, Mary. Dieser Verbrecher schreckt vor nichts zurück.“

Sie schüttelte den Kopf.

„Ich glaube nicht, daß er mich noch einmal belästigen wird.“

„Wie erfuhr er denn überhaupt, daß du ihm nachspioniertest?“

„Das merkte er wohl, als ich ihn nach Nordengland schickte. Der Plan war vielleicht etwas ungeschickt. Ich habe seine Intelligenz unterschätzt.

Ich glaube sogar, er ist mir gefolgt, als ich die einzelnen Kaufleute aufsuchte. Einmal kam es mir so vor, als ob ich ihn gesehen hätte. Das war an dem Tag, an dem ich in Maidstone war."

Mary fuhr mit Dick zum Naylors Crescent. Surefoot befand sich gerade auf dem kleinen Hof auf der Rückseite des Hauses, und sie ging mit Dick in die Küche. Schaudernd dachte sie an ihren letzten mitternächtlichen Besuch. Selbst jetzt, bei hellem Tageslicht, hatte der Raum etwas Unangenehmes und Abstoßendes für sie. Die Tür des Schranks stand weit offen, ebenso die Tür, zu der der leuchtende Schlüssel gehörte. Die Küche und die danebenliegende Anrichte erschienen ihr erstaunlich klein. Aber sie erklärte sich das damit, daß ihr in ihrer frühen Jugend wohl unwillkürlich alle Dinge und Räume größer vorgekommen waren.

Surefoot trat gleichfalls in die Küche, als Mary sich dort umschaute, und begrüßte sie.

„Können Sie sich auf diesen Raum noch genau besinnen, Miss Lane?" fragte er.

„Ja." Sie zeigte auf die weißen Kacheln. „Die sind allerdings erst nach meiner Zeit angebracht worden."

Sie hatte den ungewissen Eindruck, daß sich auch sonst noch etwas verändert hatte, wußte aber nicht was. Und weil sie keine genauen Angaben über ihre Vermutung machen konnte, schwieg sie darüber.

„Wissen Sie, was das ist?" fragte Smith plötzlich. Er hatte in der Schublade des Küchentisches ein merkwürdiges Instrument gefunden. Es glich beinahe einer kleinen Gartenspritze, nur war das untere Ende ein Saugnapf aus Gummi.

„Eine Vakuumpumpe", sagte Dick.

Smith drückte den Saugnapf auf den Tisch, setzte die Pumpe in Bewegung und hob den Tisch mit dem Apparat an der einen Seite an. „Miss Lane, haben Sie das Ding schon früher gesehen? Wissen Sie, wozu es benutzt wurde?"

Sie schüttelte den Kopf.

Surefoot hatte auch noch einen kleinen Topf mit dunkelgrüner Ölfarbe und ein Paket Fensterkitt entdeckt.

„Das sah ich schon das letzte Mal. Wissen Sie, wozu es benutzt wurde?"

Er winkte Mary, und sie folgte ihm in den dunklen Gang. Die elektrische Birne an der Decke gab nur wenig Licht, und Surefoot nahm seine Taschenlampe, ging zu der Tür und leuchtete das dicke Eichenpaneel ab.

„Sehen Sie einmal hierher", sagte er dann zu ihr.

Sie bemerkte eine runde Vertiefung, die mit Kitt ausgefüllt und kürzlich mit Ölfarbe überstrichen worden war.

„Was ist das?" fragte sie erstaunt.

„Das ist die Stelle, an der das Geschoß einschlug, die Kugel, mit der Hervey Lyne getötet wurde. Er ist hier in diesem Gang ermordet worden."

25

„Das sind vorläufig nur Schlußfolgerungen", meinte Surefoot, „aber ich gehe die höchste Wette ein, daß sie stimmen. Und das will viel heißen, denn ich bin ein äußerst sparsamer Mann und wette im allgemeinen nie. Binny wußte, daß der alte Lyne ihn seit einiger Zeit im Verdacht hatte, und als sich die Verhältnisse mehr und mehr zuspitzten, kam er zu der Überzeugung, daß er schnell handeln mußte. Der alte Mann vermutete, daß seine Bankabrechnung nicht stimmte. Sicher hätte er Binny nicht zu Moran geschickt, wenn er ihn nicht verdächtigt hätte. Er haßte Bankleute und sprach nur mit ihnen, wenn es unumgänglich notwendig war. Als Binny erfuhr, daß Lyne mit Moran sprechen wollte, kam er in große Verlegenheit. Es blieb ihm nur der eine Ausweg, sich einen Verbündeten zu suchen, einen Komplicen, der in der Rolle Leo Morans einen Besuch bei dem alten Lyne machte, und dieser Komplice war –"

„Mike Hennessey", warf Dick ein.

Surefoot nickte.

„Daran zweifle ich nicht im mindesten. Als wir Hennesseys Kleider durchsuchten, fanden wir ein Stück Papier, auf dem dieselben Zahlen standen, die auf der Bankabrechnung vorkamen. Das konnte nur bedeuten, daß Binny ihm die Zahlen gegeben hatte und daß Mike sie auswendig lernen mußte, falls der Alte ihn danach fragen sollte."

Surefoot hatte irgendwo ein großes Blatt Löschpapier gefunden. Er legte es auf den Tisch und schrieb mit Bleistift die Theorien darauf nieder, die er entwickelte.

„Moran hat niemals eine Aufforderung bekommen, den alten Lyne zu besuchen. An dem Vormittag, an dem die Unterredung mit Lyne geplant war, hielt er sich nicht in seinem Büro auf, sondern verhandelte mit den Agenten der Cassari-Petroleum-Gesellschaft. Statt seiner erschien Mike. Hervey Lyne hat also den Bankdirektor nicht gesprochen. Aber Mike mußte etwas gesagt oder getan haben, was den Verdacht des alten Mannes erregte. Was das war, werden wir allerdings nicht mehr erfahren. Lyne nahm dann das erste Stück Papier, das ihm in die Hände fiel, und schrieb eine Mitteilung an Mary Lane darauf. Zufällig erwischte er die Bankabrechnung. Daß Lyne tatsächlich mißtrauisch geworden war, ergibt sich daraus, daß Miss Lane einen Polizeibeamten mitbringen sollte. Binny erfuhr das. Ob der alte Lyne ihm den Betrug auf den Kopf zusagte oder was er sonst tat, werden wir erst hören, wenn Binny im Prozeß die Wahrheit sagt.

Den Entschluß, Lyne zu ermorden, muß er gefaßt haben, nachdem er ihn für die Ausfahrt angekleidet hatte. Er trat hinter den Rollstuhl und erschoß ihn mit einem Browning. Ich habe die Kugel in der Tür gefunden. Vielleicht hatte er zuerst gar nicht die Absicht, den Ermordeten noch in den Park zu fahren. Nachdem er aber sah, daß der Alte nur wenig blutete und daß man die Wunde nicht erkennen konnte, riskierte er es. Lynes dunkelblaue Brillengläser verdeckten ja die Augen. Außerdem war er meistens halb im Schlaf, wenn er in den Park gefahren wurde. Binny konnte sein Vorhaben tatsächlich ausführen, ohne daß etwas entdeckt wurde. Er hatte sogar die Kühnheit, den Polizisten zu bitten, den Verkehr anzuhalten, bis er mit dem Rollstuhl auf die andere Seite der Straße gekommen war."

Smith seufzte und schüttelte den Kopf. Im stillen bewunderte er die unglaubliche Kühnheit Binnys.

„Hat er irgendwelche Aussichten, aus England fliehen zu können?" fragte Dick.

Surefoot strich sich das Kinn.

„Theoretisch genommen – nein. Aber man muß bedenken, daß sich dieser Mann sehr gut verkleiden und in anderen Rollen auftreten kann. Im Augenblick ist er in London und wohnt irgendwo unter anderem Namen. Vielleicht hat er zwei oder drei solche Schlupfwinkel in der Stadt. Er ist ein sehr methodischer Mensch und wird alle möglichen Vorbereitungen für seine Flucht getroffen haben. Es stehen ihm genug Geld und Waffen zur Verfügung. Der Galgen wartet auf ihn, aber seine Verhaftung wird uns noch große Schwierigkeiten machen."

„Ich verstehe den Mann nicht", sagte Dick. „Warum hat er denn nur diese Gesellschaften für die Leute vom Theater gegeben? Warum hat er die Rolle von Washington Wirth gespielt? Das hat ihn doch nur unnötiges Geld gekostet."

„Es mag Ihnen unlogisch erscheinen, aber Binny wollte sich eben auf diese Weise ausleben. Es gefiel ihm, einen klangvollen Namen zu führen. Über diese Theaterliebhaberei kann ich Ihnen noch mehr erzählen. Er hatte vermutlich die Absicht, später erstklassige Stars zu bewirten, die bei solchen Gelegenheiten kostbaren Schmuck trugen. In Chikago hat er einmal die großen Künstlerinnen eingeladen und ihnen dann mit vorgehaltenem Revolver alle Juwelen abgenommen. In London hat er das allerdings nicht wiederholt. Im großen und ganzen ist er furchtbar eitel. Er wollte eben den ganz großen Mann spielen, und das gelang ihm am besten unter kleinen Leuten."

Chefinspektor Smith nahm die Vakuumpumpe wieder auf und betrachtete sie.

„Ich möchte nur wissen, wozu er die gebraucht hat. Vorläufig werde ich das Ding einmal mitnehmen."

Er steckte sie in die Tasche, und nachdem er das Haus abgeschlossen hatte, gingen sie fort. Dick begleitete Mary zu ihrem Hotel, und der unermüdliche Smith begab sich in seine Wohnung am Haymarket.

Eine Stunde verging, und in Lynes Haus rührte sich nichts. Aber dann öffnete sich in der Küche plötzlich eine Stelle in der Wand, die mit weißen Kacheln bedeckt war, und Binny trat in Gummischuhen heraus. Er hatte eine Pistole in der Hand und sah sich vorsichtig um. Nachdem er eine Weile gelauscht hatte, trat er schnell und geräuschlos in den Gang, durchsuchte das ganze Haus, verriegelte dann die Vordertür und kehrte zur Küche zurück. Er legte die Pistole auf den Tisch und fuhr mit der Hand über sein unrasiertes Kinn.

Ein Lächeln glitt über sein häßliches Gesicht.

„Eitel soll ich sein!" murmelte er.

Das war die einzige Äußerung, die ihn in Wut gebracht hatte.

Er stand am Tisch, hielt den Kopf gesenkt und spielte mechanisch mit der schweren Waffe.

„Eitel!" Das Wort hatte ihn schwer verletzt. Er haßte diesen Surefoot Smith. In diesem so unscheinbaren Mann hatte er von Anfang an instinktiv seinen gefährlichsten Feind erkannt, der sein Leben bedrohte.

Was man auch über Binny sagen mochte, seine Vorliebe für Theater und Bühne war echt. Immer hatte er danach gestrebt, mit Künstlern und Künstlerinnen zu verkehren. Die ersten Veruntreuungen hatte er begangen, um ein Stück zu finanzieren, das nachher nur eine Woche gespielt wurde. Er war selbst kein schlechter Schauspieler.

Nun mußte er all seinen Witz und Verstand zusammennehmen, um dem Netz zu entkommen, das sich immer enger um ihn zog. Er trat durch die enge Tür wieder in den kleinen Raum zurück, der schmaler war als eine Zelle.

Auf dem Boden lag eine Matratze, auf der er geschlafen hatte, am Fußende stand ein kleiner Frisiertisch, unter dem zwei Koffer standen. Er zog einen hervor und schloß ihn auf. Ganz oben lag ein Briefumschlag mit Eisenbahnfahrkarten und drei Pässen. Er nahm sie mit sich in die Küche, stellte einen Stuhl an den Tisch und studierte sie sorgfältig. Er hatte seine Vorbereitungen gut getroffen. Die Pässe waren auf Namen ausgestellt, die noch in keinen Polizeiakten standen, und die Fotos zeigten ihn in den verschiedensten Aufmachungen. Es fiel ihm leicht, in kürzester Zeit die betreffenden Verkleidungen vorzunehmen und auf der Reise seine Persönlichkeit mehrmals zu ändern.

Aus der Hüfttasche zog er einen dicken Stoß Banknoten, französisches, englisches und deutsches Geld. Ein anderes Paket nahm er aus einer Geheimtasche seines Rocks. Dann holte er noch ein drittes und viertes hervor und legte alles zusammen auf den Tisch. Eine Viertelstunde saß er ruhig davor und weidete sich an dem Anblick. Dann ging er in die kleine Kammer zurück, holte einen Spiegel und ein Rasiermesser und traf seine Vorbereitungen. Zwei Stunden lang bearbeitete er sein Gesicht und färbte es mit einer braunen Schminke. Dann zog er sich um und steckte das Papiergeld in einen besonders dafür angefertigten Gürtel, den er auf der bloßen Haut trug. Die Reisekoffer ließ er zurück. Er konnte es sich jetzt nicht mehr leisten, großes Gepäck mitzunehmen; er mußte sich mit zwei Pistolen und Munition begnügen.

Mit größter Geschicklichkeit verteilte er sie so in den Taschen, daß äußerlich nichts zu sehen war, wenn er sich bewegte. Er wartete bis gegen Mittag, und nachdem er lange Zeit durch ein Seitenfenster Ausschau auf die Straße gehalten hatte, entschloß er sich, das Haus zu verlassen.

Die Dienstboten der benachbarten Häuser mochten ihn sehen, aber wahrscheinlich waren sie gerade beim Essen oder mußten ihre Herrschaften bedienen. Um diese Zeit kamen auch keine Händler, um Waren abzuliefern. Es war höchstens zu befürchten, daß Surefoot einigen Beamten den Auftrag gegeben hatte, das Haus zu bewachen. Aber ohne Risiko ging es nun einmal nicht ab.

Vorsichtig riegelte er die Haustür auf, öffnete sie leise und trat auf die Straße.

Als er auf der anderen Seite angelangt war, bemerkte er eine Frau in schlechten Kleidern, die mit unsicheren Schritten vor ihm herging. Es war die Person, die er als seine Frau ausgegeben hatte. Sie war so betrunken, daß sie ihn nicht erkannte. Vor ein paar Tagen hatte er sie mit dem Auftrag fortgeschickt, nach Wiltshire zu fahren, woher sie stammte. Er hatte ihr genügend Geld gegeben, daß sie sich ein Jahr lang unterhalten konnte.

Ruhig, aber vorsichtig ging er die Straße entlang. Nur gelegentlich sah er sich einmal um, ob er beobachtet oder verfolgt würde. Einen Autobus durfte er nicht benutzen, auch ein Taxi war zu gefährlich. Und wenn er in seiner jetzigen Verkleidung selbst ein Auto lenkte, zog er nur allzu leicht die Aufmerksamkeit der Polizei auf sich.

Er erreichte die Finchley Road und kam zu einem Häuserblock, in dessen Untergeschoß sich nur Läden befanden. Die oberen Stockwerke enthielten Büros.

Binny betrat das Eckhaus und fuhr mit dem Fahrstuhl nach oben. Direkt dem Lift gegenüber lag ein Zimmer, an dessen Tür ein Messingschild mit der Aufschrift „Neues Theatersyndikat“ prangte. Er schloß auf und trat ein.

Der selten benutzte Raum war von mittlerer Größe und einfach, aber gut möbliert. Binny verriegelte die Tür von innen, zog Mantel und Rock aus, setzte sich und dachte nach.

Von hier aus konnte er leicht fortkommen. Etwas Gepäck befand sich im Aufbewahrungsraum des Liverpool-Bahnhofs. Alles war gut vorbereitet, und doch –

Binny hätte ein Buch über die Psychologie des Verbrechers schreiben können. Er war kaltblütig, und die Vernunft behielt bei ihm immer die Oberhand. Viele Menschen hatte er schon ermordet, und niemals hatte er sich zu unbedachten Schritten hinreißen lassen.

Es war allerdings ein großer Fehler gewesen, daß er umkehrte, um den Schlüssel in Miss Lanes Zimmer zu suchen. Sonst wäre Leo Moran längst tot, und die gefälschte Selbstbezichtigung wäre von der Polizei geglaubt worden.

Binny hatte alles so sorgfältig geplant: Den Schlüssel hatte er auf der Innenseite vor der verschlossenen Tür auf den Boden legen wollen und ihn eigens zu diesem Zweck in die Tasche gesteckt. Aber nachher hatte er es doch vergessen. Und dieses kleine Versehen hatte den ganzen Plan zum Scheitern gebracht.

Die Vernunft, die bis dahin alle seine Handlungen diktiert hatte, sagte ihm, daß er jetzt möglichst ruhig aus London verschwinden müsse, und zwar so bald als möglich. Aber plötzlich machte sich der theatralische Zug in seinem Wesen geltend, den man häufig bei Verbrechern findet, und es kam ihm der Gedanke, noch einen großen Streich auszuführen, bevor er den Schauplatz seiner Tätigkeit verließ. Die ganze Welt würde dann über ihn sprechen! Er sah bereits die sensationellen Überschriften der Zeitungen vor sich: „Der berühmte Surefoot Smith ermordet! Täter entkommen!“ „Der große Detektiv Smith ermordet, der hervorragende Polizeibeamte, der so viele Mörder gefangen hat!“

Binny dachte nicht mehr daran, sich in Sicherheit zu bringen. Seine Gedanken waren nur noch darauf gerichtet, eine ungeheure Sensation hervorzurufen. Es kam ihm nicht zum Bewußtsein, wie sehr sich gerade in diesem Verhalten seine Eitelkeit zeigte.

26

Dick Allenby und Mary speisten zusammen im Carlton-Hotel und unterhielten sich, aber Mary war zerstreut.

„Du hörst überhaupt nicht zu“, sagte Dick vorwurfsvoll.

Sie schrak zusammen.

„Ach, ich war unaufmerksam", erwiderte sie betroffen. „Ich glaube, du hast mir einen Heiratsantrag gemacht, und ich bin mit meinen Gedanken immer noch bei der schrecklichen Küche."

Er lachte.

„Wenn du mir tatsächlich zuhören wolltest, wäre ich sehr glücklich. Warum denkst du eigentlich noch daran? Was quält dich?"

„Es fehlte dort etwas. Und nun erinnere ich mich, daß Mr. Lyne erzählte, er habe die Küche umbauen lassen. Ich besinne mich, daß er Binny lobte und sagte, er habe die Bauhandwerker beaufsichtigt und dadurch viel Geld erspart." Sie strich mit der Hand über die Stirn. „Es stand doch früher ein großer Küchentisch an der Wand – den habe ich heute nicht mehr gesehen. In der Ecke war auch noch ein Ausguß . . . und es kommt mir alles so klein vor . . ."

Plötzlich hielt sie inne und sah ihn mit großen Augen an.

„Jetzt weiß ich, was es ist. Die Tür zur Speisekammer habe ich nicht mehr gesehen! Ich weiß ganz genau, daß sie in der Ecke war. Was ist nur daraus geworden?"

Er schüttelte den Kopf.

„Dafür habe ich mich wirklich nicht interessiert."

„Mr. Smith sagte doch, Binny müßte ein Versteck haben! Das ist natürlich die Speisekammer! Sie lag rechter Hand vom Kücheneingang."

Dick Allenby lachte.

„Rechter Hand vom Eingang ist eine massive Mauer!"

„Aber ich bin sicher, daß sich dahinter ein Raum befindet."

In diesem Augenblick betrat Surefoot den Speisesaal, sah sie und nickte ihnen zu. Aber offenbar war er nicht ihretwegen gekommen, denn er ging weiter, und sein Blick wanderte suchend über andere Tische. Als er wieder in ihrer Nähe war, winkte Mary ihm, und er kam zögernd zu ihnen.

„Haben Sie nicht den Polizeipräsidenten gesehen? Er hat mich für drei Viertel zwei eingeladen, und jetzt ist es gleich zwei. Übrigens haben wir Binnys angebliche Frau verhaftet, aber es war nichts aus ihr herauszubringen."

„Ich weiß jetzt aber, wo Binnys Versteck ist!" rief Mary.

Smith war sofort aufs höchste interessiert.

„Glauben Sie, er hält sich in Naylors Crescent verborgen?"

Atemlos erzählte sie ihm, was ihr eingefallen war, und er schlug sich aufs Knie.

„Selbstverständlich haben Sie recht! Dadurch erklärt sich auch die Existenz der Vakuumpumpe. Die ganze Wand ist doch mit weißen Kacheln verkleidet. Da konnte er natürlich keine Klinke anbringen, wenn der Unterschlupf wirklich ein Versteck bleiben sollte. Mit der Vakuumpumpe hat er die Tür geöffnet! Ich habe das Ding in meinem Büro und werde es sofort holen. Auf den Polizeipräsidenten kommt es jetzt nicht an, der kann warten."

Er verließ den Speisesaal, und eine halbe Stunde später war Hervey Lynes Haus von Detektiven umstellt.

Surefoot ging mit der Pistole in der Hand in die Küche und betrachtete die Wand. Eine Tür war nicht zu entdecken. Er befestigte die Vakuumpumpe an verschiedenen Stellen, und bei dem fünften Versuch wurden seine Anstrengungen belohnt. Er konnte einen Stein herausziehen, der auf Stahlschienen lief, und es zeigte sich eine längliche Öffnung.

Er steckte die Hand hinein, fühlte einen Griff und drückte ihn nieder. Nun ging die Tür auf, und er stand in Binnys geheimem Versteck. Er sah die unordentlich durcheinanderliegenden Kleider auf dem Boden, den Spiegel, das Rasiermesser, das nicht gereinigt worden war, und die kleine Schale mit der gelbbraunen Schminke, mit der Binny sein Gesicht behandelt hatte.

„Wir werden noch viel Aufregung und Ärger haben", meinte er dann.

Eilig durchsuchte er die Kleider und den ganzen Raum, fand aber nichts, was auf Binnys Pläne schließen ließ.

Eins stand fest: Der Mann war in diesem Versteck gewesen, als sie sich am Morgen in der Küche aufhielten, und hatte alles gehört, was sie dort sprachen. Surefoot Smith machte selbst die Probe darauf, daß man in der kleinen Kammer eine Unterhaltung verstehen konnte, die in der Küche geführt wurde.

Die Schminke in der Schale verriet, daß er sich nach einem gelbbraunen Mann umsehen mußte. Dieser Anhaltspunkt konnte bei den Nachforschungen sehr gute Dienste leisten.

Surefoot entdeckte noch eine Menge Patronen und einen weißen Glacéhandschuh, der beschmutzt war, aber offensichtlich zu dem im Garagenzimmer gefundenen gehörte.

„Man kann nicht wissen, wozu das gut ist", sagte er und reichte den Handschuh einem Untergebenen. „Geschworene sind manchmal schwer zu überzeugen, und ein kleines Beweisstück wie dieses hat zuweilen die größte Wirkung. Heben Sie ihn auf, damit wir ihn beim Prozeß verwenden können."

Der Chefinspektor schickte seine Leute die Straße auf und ab. Überall erkundigten sie sich, aber niemand hatte Binny gesehen. Smith eilte zum Carlton-Hotel zurück, wo er Mary Lane mit ihrem Verlobten noch antraf, und berichtete über die Entdeckung, die er gemacht hatte.

„Wenn ich nur schon früher daran gedacht hätte!" sagte Mary bedauernd.

„Dann wäre jetzt wahrscheinlich einer von uns nicht mehr am Leben. Vielleicht hätten wir auch alle drei daran glauben müssen. Dieser Binny hat ein ganzes Waffenlager mit sich herumgeschleppt. Nein, es war so viel besser."

„Glauben Sie, daß er sich in seinem Versteck aufgehalten hat, als wir uns miteinander unterhielten?"

Smith nickte.

„Darüber besteht wohl kaum ein Zweifel."

„Dann wird es diesem Erzgauner also aller Wahrscheinlichkeit nach doch noch gelingen, sich in Sicherheit zu bringen?" fragte sie.

Surefoot runzelte die Stirn.

„Es ist möglich, daß er einen Versuch macht, England zu verlassen. Aber die Häfen sind bewacht, und jeder einzelne Passagier wird beobachtet. Er könnte nur entkommen, wenn irgendwo an der Küste ein seetüchtiges Motorboot für ihn bereitläge. Aber ich glaube, daran hat er nicht gedacht." –

In Scotland Yard hielt man eine eingehende Konferenz ab, und nach allen Teilen des Landes wurden dringende Telegramme ausgesandt, die vor dem bewaffneten Mörder warnten.

Um halb zehn abends sah Surefoot die eingegangenen Berichte durch. Alle Züge waren sorgfältig überwacht und durchsucht worden, aber man hatte nichts von Binny gesehen. Nun, Binny war ein tüchtiger Chauffeur, und er würde London vermutlich nicht im Zug verlassen.

27

Chefinspektor Smith verließ Scotland Yard ein paar Minuten nach elf. Er ging in der Richtung nach Blackfriars, und wenn er hier entlangwanderte, dachte er gewöhnlich nach. Einer seiner Beamten hatte die Straße von Scotland Yard nach Savoy Hill deshalb „den Garten des Denkens" genannt. Sooft sich Surefoot über ein Problem nicht klarwerden konnte, ging er hier auf und ab, gleichgültig ob es Sommer oder Winter war, ob es regnete oder ob die Sonne schien. Um diese Stunde waren nur wenig Leute auf der Straße zu sehen; ab und zu fuhr ein Auto vorüber, und gelegentlich tauchte auch ein Bettler auf, der nach Zigarren- und Zigarettenstummeln suchte.

In der Nähe eines Hotelgartens, der nach dem Themseufer hinausführte, stand ein blauer Luxuswagen, und Smith sah hinein, als er vorüberkam. Er tat es mehr aus Gewohnheit als aus Neugierde. Mit einem flüchtigen Blick streifte er die Dame, die in dem Auto saß, und setzte dann seinen Spaziergang fort.

Im Weitergehen dachte er unentwegt darüber nach, wie er Binny verhaften könnte. Das größte Problem war gelöst: Er wußte, wer der Mörder war. Jetzt handelte es sich noch um die schwierige Aufgabe, ihn zu fassen.

Er kehrte um und ging nach Scotland Yard zurück. Um diese Zeit mußten die Berichte von der Südküste einlaufen.

Das große Luxusauto hielt immer noch neben dem Gehsteig, aber die Dame stand jetzt draußen an der offenen Tür. Sie war etwa Mitte Fünfzig und etwas korpulent.

Zu seinem größten Erstaunen sprach sie ihn mit einer merkwürdig hohen Stimme an.

„Könnten Sie nicht einen Polizisten für mich holen?"

Das war ein Ansinnen für einen so wohlbekannten Mann von Scotland Yard!

„Wo fehlt es denn?" fragte er.

Sie trat etwas von der Tür zurück.

„Mein Chauffeur ist betrunken zurückgekommen, und ich kann ihn nicht aus dem Wagen bringen."

Ein betrunkener Chauffeur ist für alle Polizeibeamten ein Greuel. Surefoot öffnete die Tür und schaute hinein. Aber er sah nichts, ebensowenig hörte oder fühlte er etwas. Sein Bewußtsein schwand plötzlich.

28

Surefoots Kopf schmerzte entsetzlich. Er versuchte, die Hände zu bewegen, aber es gelang ihm nicht. Der Wagen raste in wildem Tempo durch eine Gegend, die nicht von Laternen erleuchtet war. Aus dem Geräusch der Räder schloß Smith, daß die Fahrt über eine neuangelegte Straße ging. Es war merkwürdig, daß ihm diese Tatsache wichtig erschien. Er konnte sich auf nichts besinnen und wußte nur, daß er zusammengekrümmt auf dem Boden eines Autos lag. Nach einer kleinen Weile verlor er wieder die Besinnung.

Erst als der Wagen über unebenes Gelände ratterte, kam Smith erneut zu sich. Er schaute auf, versuchte sich zu erheben und merkte nun, daß er Handschellen an den Gelenken hatte. Es waren seine eigenen. Er trug immer ein Paar solcher Eisen in der Tasche.

Jemand hatte ihm die Hände gefesselt. Jemand hatte ihm auch die Beine zusammengebunden. Er fühlte das, konnte aber mit den Händen nicht so weit hinunterreichen, um den Knoten zu lösen. Plötzlich erinnerte er sich an die Dame, an das Auto und an den Chauffeur, nach dem er im Wagen gesucht hatte.

Das Auto rüttelte jetzt so heftig, daß Smith große Schmerzen empfand. Wahrscheinlich fuhren sie über einen gepflügten Acker oder einen Feldweg. Kurz darauf hielt der Wagen an, und die Tür wurde aufgerissen. Der Chefinspektor sah die „Frau“ und wußte nun, mit wem er es zu tun hatte.

Ein kleines Landhaus lag wenige Schritte entfernt, ein häßlicher Bau aus roten Ziegeln.

Binny packte seinen Gefangenen am Kragen, zerrte ihn auf die Straße und schleppte ihn zu dem Haus. Die Tür flog auf, und Smith wurde in das dunkle Innere gedrängt. Es roch nach frischem Mörtel, nach Putz und neuem Holz. Binny verschloß die Tür von innen und schob den Detektiv dann in einen vollständig dunklen Raum. Dort stürzte Smith zu Boden. Es war erstaunlich, daß er sich mit gebundenen Beinen so weit hatte fortbewegen können.

Binny steckte ein Streichholz an, und gleich darauf erhellte das Licht einer Petroleumlampe das Zimmer. Es standen zwei Sofas, ein Stuhl und ein Küchentisch in dem Raum. Weder Vorhänge noch Gardinen waren angebracht, und die Fensterläden waren geschlossen. Der ganze Raum machte einen kahlen Eindruck.

Binny setzte sich auf den Stuhl, stemmte die Hände auf die Knie und betrachtete Smith.

Es war schwer, in dieser alten Frau mit dem gelben Gesicht und der grauen Perücke Binny zu erkennen. Er trug einen langen Damenpelzmantel, und die Perücke saß etwas schief. Das gab ihm ein teils komisches, teils grauenerregendes Aussehen. Da er sich um keinen Preis lächerlich machen wollte, nahm er sie ab. Aber mit dem kahlen Kopf und dem gelblichbraunen Gesicht wirkte er noch grotesker.

„Na, jetzt hab' ich Sie gefangen", sagte er heiser und grinste häßlich. Dann sprach er plötzlich mit der affektiert hohen Stimme, die er als Mr. Washington Wirth stets annahm.

„Dieses kleine Landhaus habe ich mir vor ein paar Jahren gebaut. Ich dachte, ich könnte es einmal brauchen. Aber ich war lange Zeit nicht hier, und nun verlasse ich England. Wollen Sie es nicht kaufen, Mr. Smith? Es ist ein ausgezeichneter Platz, um sich von Berufssorgen zurückzuziehen. Hier hat man Ruhe, und ich sag' Ihnen, Sie werden bald sehr ruhig sein!"

Binny zog eine Pistole aus der Tasche, legte sie auf den Tisch, bückte sich, hob Surefoot auf und lehnte ihn in eine Ecke des Zimmers. Dann knöpfte er das Seidentuch auf, das um die Fußgelenke des Gefangenen geschlungen war, zog ihm die Schuhe aus und warf sie in eine andere Ecke. Nach einer kleinen Pause lockerte er den Kragen des Chefinspektors.

„Es ist Ihnen nichts passiert. Sie sind nicht im geringsten verletzt, Mr. Smith. Ein Gummiknüppel, mit dem man jemand über den Schädel schlägt, tötet nicht. Natürlich ist es unangenehm für Sie, das gebe ich zu."

Surefoots Mund war trocken, und sein Kopf dröhnte. Aber er fürchtete sich nicht im mindesten, obwohl er seine verzweifelte Lage klar genug erkannte.

„Sie wußten nicht, daß dieser kleine Landsitz mir gehört?"

„O doch, das wußte ich sehr gut. Der Platz liegt etwa hundert Meter von der großen Chaussee nach Taplow entfernt. Sie haben das Grundstück vor vier Jahren gekauft und hundertfünfzig Pfund dafür gezahlt."

Einen Augenblick war Binny sprachlos.

„Ich habe das Haus in der vorigen Woche von meinen Beamten durchsuchen lassen, und es wird jetzt von der Buckinghamshire-Polizei bewacht. Ein ähnliches Haus haben Sie in Wiltshire."

Binny starrte ihn verblüfft an. Surefoot sah es und suchte seinen Vorteil rücksichtslos auszunutzen.

„Welchen Zweck hat es denn, solche Dummheiten zu machen, Binny? Vorläufig können wir nicht beweisen, daß Sie einen Mord begangen haben. Wir wissen nur, daß Sie Hervey Lynes Schecks gefälscht haben. Das Schlimmste, was Ihnen passieren kann, sind sieben Jahre. Vielleicht bekommen Sie noch eins extra, weil Sie mich hierhergeschleppt haben. Aber was bedeutet ein Jahr! Holen Sie mir jetzt etwas Wasser. Hinter diesem Zimmer liegt die Küche. Lassen Sie es erst eine Zeitlang laufen, neulich war es rostig und trübe. Auf der Anrichte steht ein Zinnbecher, waschen Sie ihn erst gründlich aus!"

Der Instinkt, zu gehorchen, ist bei den meisten Menschen größer als der Instinkt, zu befehlen. Binny ging hinaus, kehrte mit dem Zinnbecher zurück und hielt ihn an die Lippen seines Gefangenen.

„So, nun nehmen Sie mir die Handfesseln ab. Dann wollen wir uns ein wenig unterhalten. Warum haben Sie nicht Mike Hennessey hierhergebracht, statt ihn –" Surefoot hielt ein, denn er erkannte sofort, welch einen großen Fehler er gemacht hatte.

Binny trat wütend zurück.

„Haben Sie nicht eben gesagt, daß Sie mich nicht wegen Mordes verfolgen wollen? Sie sind ein ganz gemeiner, doppelzüngiger Kerl! Aber ich werde Ihnen schon zeigen, was ich mit Ihnen vorhabe!"

Er langte nach der Pistole auf dem Tisch, nahm sie auf und prüfte sie sorgfältig.

„Ich hatte Ihnen schon immer sagen wollen, wo Ihre Macht zu Ende ist", begann er.

„Nun, Ihr Wunsch ist in Erfüllung gegangen", erwiderte Surefoot kühl. „Es wäre besser, wenn Sie sich beeilten."

„Sie können sicher sein, daß ich mich beeile."

Binny grinste verächtlich, schob die Pistole in die Tasche, nahm das Seidentuch auf und band dem Gefangenen die Füße wieder zusammen. Dann legte er den Pelzmantel und die Frauenkleider ab. Aus einem Theaterkoffer, der in einer Ecke stand, nahm er einen alten Anzug und zog ihn an.

„Der Boden hier ist gerade nicht sehr weich", erklärte Binny mit vielsagender Betonung. „Man kommt erst nach eineinhalb Metern auf eine Tonschicht."

Wenn er glaubte, Smith durch diese Worte zu erschrecken, erlebte er eine Enttäuschung.

„Warum lassen Sie mich das nicht erledigen? Sie sind etwas zu korpulent und außerdem aus der Übung. Aber mich würde es freuen, mein eigenes Grab zu graben."

Binny schien eine Sekunde lang den Vorschlag zu überlegen.

„Nein, ich werde es allein tun", sagte er dann.

„Aber warum machen Sie sich denn solche Mühe?" entgegnete Surefoot leichthin. „Sobald man mich vermißt, wird man nach mir suchen, und zwar sowohl hier als auch in dem anderen Haus. Soviel ich sehe, wollen Sie keine Spuren hinterlassen. Es steht noch nicht fest, daß wir Ihnen einen Mord nachweisen können, aber wenn Sie einen Polizeibeamten umbringen, kommen Sie bestimmt an den Galgen."

Smith wollte nur Zeit gewinnen.

„Wegen der Geschichte mit Hennessey kommen Sie vielleicht durch", fuhr er fort. „Auch die Sache mit dem alten Lyne und Tickler kann man schließlich nicht beweisen. Aber wenn Sie mich über den Haufen schießen, ist es aus. Die Leute kommen hierher und durchsuchen das Grundstück. Die finden mich, verlassen Sie sich darauf!"

Binny blieb an der Tür stehen.

„Ich habe einmal einen Polizisten gekannt, der konnte genausogut schwätzen wie Sie. Aber das hat ihm nichts geholfen, er schmort doch in der Hölle."

Er ging hinaus und schloß die Tür hinter sich.

Smith zog die Beine hoch, so daß er das verknotete Seidentuch mit den Händen erreichen konnte. Schließlich brachte er es fertig, den Knoten zu öffnen. Aber im gleichen Augenblick hörte er, daß Binny zurückkam.

Der Mann fand die ungewohnte Tätigkeit doch schwerer, als er erwartet hatte. Seine Stirn war in Schweiß gebadet. Er suchte in dem Koffer, fand eine Flasche Whisky, entkorkte sie und nahm einen langen Zug.

„Müssen Sie sich Mut antrinken, oder brauchen Sie neue Kräfte?" fragte Surefoot.

„Das werden Sie schon noch sehen", brummte Binny.

Smith blickte sehnsüchtig auf die zwei Pistolen, die aus Binnys Taschen herausschauten. Der Verbrecher war schon wieder halb zur Tür gegangen, kehrte aber noch einmal um und prüfte den Knoten des Seidentuches.

„Aha, den haben Sie schon aufgemacht! Nun, das Handwerk will ich Ihnen legen!"

Er durchsuchte den Koffer aufs neue, schlang dann einen Strick zwischen den Handschellen durch, zog die Arme des Gefangenen hoch und befestigte den Strick um seinen Nacken.

„Sie sehen merkwürdig aus – fast, als ob Sie beteten. Aber ich werde Sie jetzt nicht mehr lange warten lassen."

Mit diesen Worten verließ er den Raum.

Surefoot war völlig hilflos, obwohl er die Autohupen von der nahen Chaussee hören konnte.

Er beobachtete die rauchende Petroleumlampe. Der Docht war zu hoch geschraubt, und der Zylinder hatte sich auf der einen Seite schon schwarz gefärbt.

Binny war vor allem darauf bedacht, zu entkommen. Er würde sich hüten, irgendwelche Spuren zu hinterlassen. Selbst den Mord würde er nicht im Hause begehen.

Eine volle Stunde verging. Dann hörte Smith schwere Schritte und wußte, daß das Ende nahe war.

29

Man hatte die Abwesenheit Surefoots in Scotland Yard wohl bemerkt. Es war aufgefallen, daß er nicht verabredungsgemäß in seinem Büro erschienen war, um die Meldungen entgegenzunehmen. Da es sich allerdings nur um negative Berichte handelte, hätte man sich mit seinem Ausbleiben schließlich abgefunden. Aber zufällig meldete ein junger Polizist, daß er ein blaues Luxusauto gesehen habe, das von einer Dame gesteuert wurde. Als er ihr an der Ecke der Westminsterbrücke und des Themseufers das Haltesignal gab, achtete sie nicht darauf, obwohl sie auf der falschen Seite der Straße fuhr. Er hatte die Nummer notiert.

Gewöhnlich werden solche kleinen Vergehen erst am nächsten Morgen erledigt, aber während der Meldung erschien ein Mitglied des Parlaments und zeigte an, daß ihm sein blauer Wagen gestohlen worden sei.

„Es war ein Mann, der sich als Frau verkleidet hatte", schloß er seinen Bericht.

„Wie kommen Sie darauf?" fragte der Polizeiinspektor.

„Als er in den Wagen stieg, stieß er mit dem Kopf an den oberen Teil der Tür. Dadurch wurden sein Hut und seine Perücke zurückgeschoben, und ich sah, daß es ein Mann mit kahlem Kopf und gelbbraunem Gesicht war. Zuerst dachte ich, er würde an Gelbsucht leiden."

Der Inspektor richtete sich plötzlich wie elektrisiert auf. Die Polizei von ganz England suchte nach einem Mann mit kahlem Kopf und gelbbraunem Gesicht. Kurz darauf waren Telegraf und Telefon tätig.

Einige Zeit später kam wieder eine Meldung von einem Verkehrsschutzmann. In der Nähe von Heston, wo eine Straßenbahn die Hauptstraße kreuzt, hatte der blaue Wagen einen Aufenthalt gehabt. Nur mit Mühe und Not entging er einem Zusammenstoß und mußte so scharf bremsen, daß der Wagen schleuderte. Der Polizist ging auf das Auto zu, um sich den Führerschein zeigen zu lassen. Dabei sah er eine Frau am Steuer. Aber noch bevor er eine Frage stellen konnte, fuhr der Wagen wieder davon.

Erst anderthalb Stunden, nachdem die Beschreibung des blauen Autos an alle Stationen durchgegeben war, kam dieser Bericht. Inzwischen hatte man auch Chefinspektor Smith gesucht, da verschiedene Nachrichten auf ihn warteten. Man hatte ihn aber nirgends im Amt finden können.

Seine Gewohnheit, ab und zu am Themseufer einen kleinen Spaziergang zu machen, war allgemein bekannt, und der Polizeiposten dort hatte auch gesehen, daß Smith zum Savoy Hill gegangen war. Einer seiner Kollegen hatte beobachtet, daß der Chefinspektor dort umkehrte. Jemand erinnerte sich daran, daß er ein blaues Luxusauto an der Straße hatte stehen sehen.

Als die Ermittlungen so weit gediehen waren, hatte der Präsident selbst die Sache in die Hand genommen. Alle Detektive waren im Amt zur Beratung versammelt.

„Möglich, daß Binny an die Küste geflohen ist“, sagte er. „Vielleicht hat er aber auch eins seiner beiden Landhäuser aufgesucht. Die Polizei von Buckinghamshire und von Salisbury muß sofort telefonisch verständigt werden. Außerdem soll sofort das Überfallkommando an beide Orte fahren.“

Der Präsident sah auf die Uhr. Sie zeigte soeben halb zwei.

*

Surefoot Smith hatte kaum eine halbe Minute Zeit, um sich für einen der vielen Pläne zu entscheiden, die er sich überlegt hatte. Die meisten hatte er bereits als unausführbar verworfen.

Langsam öffnete sich die Tür, und Binny kam herein.

„So, jetzt werden Sie einen kleinen Spaziergang mit mir machen, mein Freund", sagte er liebenswürdig, nahm die Flasche vom Tisch und trank gierig.

Dann bückte er sich, löste den Strick und die Fessel an Surefoots Füßen, riß ihn mit einem kräftigen Ruck vom Boden hoch und stellte ihn auf die Beine.

Smith schwankte etwas. Sein Kopf schmerzte furchtbar, aber die Gefahr des Augenblicks ließ alles vergessen. Er dachte jetzt vollkommen klar. Binny stand neben der Tür und hatte die Pistole in der Hand. Auf die Mündung hatte er einen eiförmigen Stahlkörper geschraubt. Surefoot hatte einen solchen Schalldämpfer noch nie gesehen.

Er ging zum Tisch und legte die Hände auf die Platte.

„Na, beten Sie erst noch ein wenig?" höhnte Binny.

„Es soll doch niemand erfahren, daß ich hier war? Sie wollen doch keine Spuren hinterlassen?"

„Richtig geraten!" entgegnete Binny belustigt.

„Wenn nun ein paar hundert Leute hierhereilten und alle möglichen Fragen an Sie stellten, würde Ihr Plan dann über den Haufen geworfen werden?"

„Was soll das heißen?" fragte er scharf.

Er machte einen Schritt auf seinen Gefangenen zu. Im gleichen Augenblick hob Surefoot die Lampe hoch und warf sie in den offenen Koffer, unter Kostüme, Perücken und Bärte. Glas splitterte, das Licht flackerte, und gleich darauf schoß mit dumpfem Knall eine Flamme zur Decke empor.

Binny stand still, von Schrecken gelähmt. Erst als sich Surefoot mit aller Gewalt auf ihn warf, um ihm mit den Handschellen ins Gesicht zu schlagen, erwachte er aus seiner Erstarrung und duckte sich. Der Schlag ging vorbei. Im nächsten Moment fühlte Smith ein heißes Brennen im Gesicht und hörte, daß eine Kugel in die Wand schlug. Wieder holte er aus und zielte nach Binnys Schädel. Obwohl sich der Mann zur Seite bog, konnte er dem Hieb doch nicht ganz ausweichen. Dabei fiel ihm die Pistole aus der Hand.

Das Zimmer stand nun in Flammen; die Treppe brannte, und die Hitze wurde unerträglich.

Smith schlug wieder auf Binny ein. Mit einem schnellen Fußtritt hatte er die Pistole zu dem brennenden Koffer gestoßen.

Die Tür stand auf, und Binny lief aus dem Raum hinaus. Er versuchte, die Tür zu schließen, aber Smith hatte sich schon dazwischengeschoben. Er taumelte in den Gang und warf sich wieder mit voller Wucht auf den Mörder.

Die einzige Hoffnung des Chefinspektors bestand darin, Binny auf den Fersen zu bleiben. Der Verbrecher hatte noch eine Pistole in der Tasche, und wenn er diese herausziehen konnte, war es vorbei. Es gelang Smith, ihn gegen die Wand zu drücken. In dieser Stellung war es Binny unmöglich, die Waffe zu erreichen. Mit allen Mitteln versuchte er, von seinem Gegner loszukommen, und nach einer fast übermenschlichen Anstrengung konnte er sich schließlich freimachen. Surefoot war dicht hinter ihm. Im nächsten Moment zog Binny die Pistole, aber Smith brachte ihn zu Fall. Eine Sekunde später erhob sich Binny jedoch wieder und lief weiter.

Die Flammen schlugen schon aus dem Dach und aus den Fenstern und erleuchteten die ganze Umgebung. Smith verfolgte den Verbrecher trotz seiner Fesseln. Plötzlich wandte sich Binny um, und diesmal konnte er sorgfältig zielen. Der Chefinspektor wußte, daß es jetzt keine Hoffnung mehr für ihn gab. Binny war ein guter Pistolenschütze, und er war kaum ein Dutzend Schritte von ihm entfernt. Verzweifelt sprang Surefoot vorwärts, trat aber ins Leere und fiel . . .

Er hörte den Schuß und wunderte sich, daß er noch lebte. Schließlich erkannte er, was geschehen war. Er war in das Grab gestürzt, das Binny für ihn geschaufelt hatte!

Plötzlich krachten mehrere Schüsse hintereinander, und jemand brüllte ein lautes „Halt!"

Bald darauf beugte sich sein Sergeant über den Rand der Grube.

„Wir haben ihn", erwiderte der Detektiv auf Surefoots hastige Frage. Smith war müde, verletzt und zerschunden, aber als er diese Nachricht hörte, vergaß er alle Schmerzen.

*

Die Verhaftung und Verurteilung Binnys wirkten entschieden demoralisierend auf Surefoot Smith. An dem Tag, an dem der Verbrecher im Gefängnis von Pentonville gehenkt wurde, brach der Chefinspektor mit einer lebenslangen Gewohnheit. Er trank nämlich nicht Bier, sondern Whisky.

„Wenn es einen Tag gibt, an dem ich mich betrinken darf, dann ist es der heutige!" sagte er zu Dick Allenby.